峨嵋鸿泥

王志朝 著

陕西新华出版

太白文艺出版社·西安

图书在版编目（CIP）数据

峨嵋鸿泥 / 王志朝著. -- 西安：太白文艺出版社，
2024.4

ISBN 978-7-5513-2577-6

Ⅰ．①峨… Ⅱ．①王… Ⅲ．①诗集－中国－当代
Ⅳ．①I227

中国国家版本馆 CIP 数据核字（2024）第 040605 号

峨嵋鸿泥
EMEI HONGNI

作　　者	王志朝
责任编辑	赵甲思
封面设计	王　正
版式设计	宁　萌
出版发行	太白文艺出版社
经　　销	新华书店
印　　刷	四川科德彩色数码科技有限公司
开　　本	880mm×1230mm 1/32
字　　数	217 千字
印　　张	12.5
版　　次	2024 年 4 月第 1 版
印　　次	2024 年 4 月第 1 次印刷
书　　号	ISBN 978-7-5513-2577-6
定　　价	96.00 元

联系电话：029-81206800
出版社地址：西安市曲江新区登高路 1388 号（邮编：710061）
营销中心电话：029-87277748 029-87217872

常萦初心一路歌

王志朝

一

经过五个春秋的辛勤整理，《峨嵋鸿泥》终于要出版了。

余家乡临猗县是山西南部一个农业大县，粮、棉、果丰盈。县城北部有大小嶷山，称作山却不见石头，实则是峨嵋塬上海拔更高的两座黄土台。峨嵋塬又称峨嵋台地，犹如黄河、汾河、涑水河围起来的面积约 6000 平方千米的巨大黄土城堡。生于斯长于斯，余总是难以忘怀。宋代的伟大诗人苏轼有"人生到处知何似？应似飞鸿踏雪泥"的诗句。本诗集正是生活中点点滴滴的屐痕汇集起来的，诚是雪泥鸿爪也。

按照目前公认的分类，诗歌分为古典诗和现代诗。现代诗应该是指民国至今的自由诗。古典诗可分为古体诗和近体诗。近体诗又称今体诗或格律诗，包括律诗和绝句，有严格的押韵、平仄、对仗等要求。而古体诗对押韵、平仄、对仗等并无严格要求。《峨嵋鸿泥》最后选出的近 400 首诗词大部分是格律诗（排律、七律、七绝、五律、五绝），少量的古风（古体诗）则特别注明。用韵以新韵（中华新韵、中华通韵）为主，个别诗词用其他韵的也单独标明。

诗稿杀青后，有亲朋提出，诗词若不注释，有些地方读者可能看不懂。尤其是一些事件、人物、古迹，若不知当时情景，则如坠云雾。余接受朋友建议，饱含虔敬之心，潜心注释，倾心解读，只为读者大体能解其意，略微怡悦心情，则足矣。

二

上小学时，席卷全国的"文化大革命"已经开始了，余所在学校里的文化课形同虚设，开展红小兵串联闹革命。全校30多名同学分成四个小组，到邻近的村镇串联，抄录村巷墙壁上令人眼花缭乱的大字报，如果遇见在大队部吵成一锅粥的批斗会也"旁听"。大队部门两旁常书写毛泽东诗句，其中"四海翻腾云水怒，五洲震荡风雷激"出现频率最高，"天连五岭银锄落，地动三河铁臂摇"次之。写作文时常用"喜看稻菽千重浪，遍地英雄下夕烟"来描写村民劳动收工的场景。余生长在一个大约50户人家的小自然村，从来没有见过一本唐宋诗词，七零八落地见到一些毛泽东诗句，非常感兴趣，当时认为只有领袖才写诗。到行政村李家庄上初中后，语数理化没有正式教材，语文老师陈国豪，经常讲解一些毛泽东诗词。用的是当时流行的一种小册子，有几十首毛泽东诗词及注释，还附有几幅毛泽东用草书写的诗词。

余能升入高中实在是人生中非常庆幸的一件事。时值邓小平在全国教育战线抓拨乱反正，开始复课。高中一年级的文化课都能正常上。当时闫家庄的高中一个年级只有一个班，老师们对教学抓得很紧很紧。到二年级后，全国范围内开始"反击右倾翻案风"，文化课就有些松弛，语文课经常改为音乐课。语文老师王树山曾经是山西大学中文系助教（后来任运城学院中文系教授，著作等身，为中国俗语学研究第一人），经常讲毛泽东诗词，曾引起轰动的是讲《七律·人民解放军占领南京》，听后非常令人震撼。对格律诗的喜欢油然而生，且深深扎根在我的心田。我的大学时期，正是恢复高考、百废待兴的时候。荒废十年学业的学子如饥似渴地汲取知识。作为理工科学生，课程及实验都较繁重，只是在运动会时随兴而吟，去南京上海实习时即景而发写过几首毛坯诗。

留校任教后，常带领学生到校外实习，或者去外地参加学术交流活动，常常随口吟诵几句。到中阳县任科技副县长又留任副县长后，吕梁山区与平川不一样的物候，常引起我的遐思。担任山西省环境科学研究院院长期间，为完成各种课题外出调研较多；调入山西省环保厅工作后，检查、学习、调研、交流比较多，几乎每个月都要外出，足迹差不多遍布山西省每个县市和全国大部分省市。人在旅途，易生乡愁，游览他乡山水，触景生情，几多感慨，留下大量游记类诗词。

三

余在太原定居 40 余年，但令我魂牵梦萦的始终是家乡的一草一木。峨嵋塬上春夏秋冬美好的田园风光，"孝""义""善"等儒家文化精髓和源远流长而又极具生命力的河东民俗文化，都深深印在我的脑海里。每每谈论起家乡都有一种难以抑制的情思。逢年过节小憩故里或者公干顺路回乡探望，都让我非常留恋。诗集中有关家乡的诗或者称为田园诗的，有几十首，皆倾情而作。余喜欢旅游，勤于思考。无论是自费旅游，还是公干余暇参观"北雄南秀"的自然风光，欣赏令人震撼的人文景观，都有感想，都有思考。游记类的诗词量是最大的，在探索自然规律和研究社会现象中饱寄深情。由沧海桑田的变化中，惊叹人世的短暂和自然的永恒。名胜古迹本身蕴含的历史文化及由此引发的理性思考，常使我有醍醐灌顶之感。从美妙的自然景观中感悟造化之神奇，从山河变化中洞察当代生态文明建设伟大实践的步伐，留下了许多有关生态环保内容的诗篇。

读史感悟的诗篇大多数是退休后所作。青少年时期虽然喜欢历史，但由于所学专业是理工科，从事的工作是理科教学、环境科学研究、环境行政管理与环境保护执法，几乎与史无关。离开工作岗位后，泛读了《中国通史》，认真聆听《百家讲坛》的大家解读中国历史。随着阅历的增加和对人世的洞察，对历史事件常有新的看法，甚至颠覆以前的认知。每有心得，随笔录之，收集起来数十首倒还可聊以自慰，对"史能明智"的感受日深。

自 2019 年 12 月初，武汉市发现新冠疫情，除夕日全城封控，全国支援武汉，到 2022 年 12 月初，全国疫情防控常态化。三年中，全国人民共克时艰，有些诗对人生中这些重要瞬间进行了记录。

四

诗词创作是效古人之法，用今人之情，记录人生，反映社会。古人之法中，唐宋诗词是诗界公认的巅峰。学习的过程，乃是和唐人宋人对话，要进入当时的意境，联想今日有没有类似的意境。余在学习《唐诗三百首》《宋诗三百首》《清诗三百首》的过程中，积累了大量的模仿诗句、化用诗句，模仿了许多诗词的创作方法。从而在具体创作时，可以信手拈来，身处此情此景，笔尖萃取升华，这也许就是厚积薄发。

每一个时代都有各自的社会制度、风土人情，都有特定的语言环境。在创作诗词的过程中，我一直认为，应该用今天的话说今天的事，顺应语言随时代发展的历史潮流。诗贵在新，用新的语言，从新的角度，讴歌时代，记录生活，乃是余敢言前人所未言的诗词观。

绿水青山寄乡情

刘宝安

时序更替，斗转星移。在实现中华民族伟大复兴的中国梦的召唤下，旧体诗正以崭新的面貌呈现在世人面前。这是传统文化的回归。诗人、诗社、诗会、诗集不断涌现，可谓繁花似锦，令人目不暇接。这其中不乏佼佼者，而王志朝先生即在其列。

志朝先生是山西临猗人，家乡峨嵋塬上的热土铸就了他纯朴、勤劳、好学的性格。上小学时他就熟读了毛主席的诗词，随后又先后阅读了《唐诗三百首》《宋诗三百首》和《清诗三百首》，这令他对旧体诗的兴趣愈发浓厚。

在太原定居 40 余年，"但令我魂牵梦萦的始终是家乡的一草一木。峨嵋塬上春夏秋冬美好的田园风光，'孝''义''善'等儒家文化精髓和源远流长而又极具生命力的河东民俗文化，都深深印在我的脑海里"。所以"乡愁"是他诗集中的一条主线。

请看七绝《别故乡》：

潸泪惜别古庙前，轻车渐远大嶷山。
白杨不忍客离去，挥手排排无尽边。

这"古庙"是家乡民族文化的象征，"大嶷山"是孕育作者性情的沃土，"白杨"则是故人的化身。诗的结句"挥手"与出句"潸泪"遥相呼应，紧扣主题，意境深邃。

再看七绝《忆少年时搜红薯》：

> 挥汗深翻散土开，碎坷凝目薯出来。
> 搜得夕日山边尽，篮半甘饴笑语嗨。

这首诗的要点有二：一是表现出了特定的时代感，当年生活比较艰苦，大秋收获后，人们是不会忘记颗粒归仓的；二是烘托出浓厚的乡土气息和农家的快慰与陶然，如"挥汗""深翻""篮半""甘饴""笑语"等，这对于我们这些同龄人来说感同身受，充满了亲切感。

还有七律《故乡小住》：

> 萦怀聊慰到家乡，池畔古槐烟雨茫。
> 旧院难寻楼槛靓，童孩猜认父腮庞。
> 促膝夜半游魂醉，鸡唱三更绮梦香。
> 非是多情生处爱，年年户户迈丰康。

作者是学理工的，而且曾任掌管科技的副县长。作为一名县级领导干部，工作繁忙是可想而知的，忙里偷闲回乡小住，很是难得。"旧院"时的情景，孩童时的欢乐，"促膝"时的亲切，"鸡唱"时的不舍，最后都落实到了为百姓的"丰康"而坚持不懈地奔走。这都是"乡愁"的体现。

说到"乡愁"，古代的"乡愁"是人们在离开家园后的流动生活中产生的，是"独在异乡为异客"的无所归依；近代的"乡愁"，是对以乡下为背景的较为闲适的"国民性"的突显，是一种带有提示性的文化启蒙；当代的"乡愁"，更多意味着改革开放以来，由于城乡一体化而导致农村劳力大量拥入城市，使成为"异乡人"的他们在农耕文明和工业文明的相互作用中所产生的一种焦虑。

而这本诗集的作者，无疑是将中国古代、近代及当代的"乡愁"集于一身的人。他是理工科学子，是环境科学专家，关心国计民生是他分内的事，也是他矢志不移的奋斗目标。所以他的"乡愁"就不仅仅是大小巍山、峨嵋塬、孤峰山，而是吕梁山、太行山、汾河、黄河……是神州大地上的山山水水。

试看七绝《桂林见奶头山随笔》：

> 桂江小玉逊轩昂，北地伟博凌傲狂。
>
> 禹域步量唯眷念，孤峰毕竟世无双。

诗的首联用对比衬托出桂林山脉小巧玲珑的特点，"小玉"即是。第二联则是"禹域"与"孤峰"的对照，是国与家的对照，也是整体与个体的对照。这种"乡愁"的内涵在扩大，在丰富，进而升华为带有忧患意识的"家国情怀"。志朝先生的几十首旅游诗词所反映的就是这种博大的胸襟。

再看七律《登庐山》：

> 兀出平野入苍天，枕亘长江眠万年。
>
> 群瀑舞帘情旖旎，奇峰搅雾意阑珊。
>
> 诗章四壁留牍瀚，天水三千捣乱滩。
>
> 五老凌云瞰鄱水，当空红日射风烟。

庐山是一座历史文化名山。历代诗人词家留下万余诗篇，并有摩崖石刻和碑刻，置身这些碑石之间，深感人世沧桑巨变；登五老峰而俯瞰鄱阳湖，欣赏一轮红日照射万川而风烟弥漫，其忧国忧民的悲悯情怀跃然纸上，令人感佩！

作者学有专攻，虽步履轻盈，却心怀天下。如《登山海关》

《登碣石山》《应邀游雁栖湖》《岳阳楼望君山》等，均给人留下深刻印象。

"读史一篇真明理，思辨千载更启迪。"历史是一面镜子，让我们懂得反思。在漫长的历史长河中，无数可歌可泣的人物和事件，值得我们去了解，去学习，去探索。因此读史感悟的诗词作品，是作者的又一个重点。退休后他读了《中国通史》，并聆听了《百家讲坛》对历史的解读。

请看七律《过鸭绿江断桥》：

> 两岸通桥留半残，立身江畔愕惊然。
> 弹痕有证烟硝漫，钢骨不弯风浪坚。
> 初建大邦狼虎犯，誓师唇齿义师严。
> 风云七秩多奇幻，橄榄常青史作磐。

鸭绿江断桥是抗美援朝战争中的纪念碑。诗的中间两联见证了"弹痕""钢骨""狼虎犯""义师严"，这就是这座鸭绿江断桥给人们的启示。伟大的抗美援朝战争是爱国主义和国际主义的结晶，也是"家国情怀"和"乡愁"的又一真实写照。

以史为鉴，就要勤于思考。像《瞻抗美援朝烈士纪念碑》《瞻武乡县砖壁村八路军总部》《浪淘沙·遵义会址》《瞻高平炎帝陵》《成都惠帝陵有感》《过三星堆遗址》《南唐李煜亡国之恨》《成都武侯祠怀古》《过骊山兵谏亭》《过李鸿章故居》等，均表现了作者初衷不改、心系天下的雄心壮志。

前已说到，作者是环境科学专家，曾任山西省环境科学院院长，在调入山西省环保厅工作后，检查、学习、调研、交流增多，几乎每月都要外出，足迹遍布省内乃至国内大部分地区。所以他说"人在旅途，易生乡愁，游览他乡山水，触景生情，几多感慨，留下大量游记类诗词"。可见他的这种"乡愁"既有内涵又有外延，是足踏在大地上忧国忧民的"乡愁"。

请看七绝《游月亮湖》：

满月三分馈此间，草萋林密百花鲜。
倚栏指点轻声叹，湖水浅浅桥外悬。

这种"满月""草萋""林密""百花鲜"只是一种表象，是一种假繁荣，根本的问题是"湖水浅"，等到没有水的那一天，一切皆完。可见这"轻声叹"可是不轻，它反衬出作者深深的忧虑。因此这首诗的主题最后要落到"湖水浅"的问题上。读者诸君看后也应该有同感吧！

再看七律《观塞罕坝践行"两山论"》：

清湖花海鸟声哗，林莽白云接远天。
秋狝曾经封禁苑，垂帘无奈卖山峦。
千峰失绿风沙漫，四代持恒育木艰。
生态效能金万万，两山例案有彰宣。

塞罕坝过去是清代皇家围猎的禁苑，历经风沙的侵蚀，最后变成了不毛之地；新中国成立后，经塞罕坝四代人的努力，使得荒山变绿洲。这一奇迹，归根结底是"家国情怀""忧患意识"和"乡愁"的又一次体现。同时，他们创造的"生态效能"也进一步证实了"两山论"的正确性。这就是作者推崇塞罕坝精神的普遍意义。下面诸如《过南水北调首都分水湖》《潇水河调研》《检查汾河入黄河处水质》《乘高铁赴武强县做污染司法鉴定》等都存在"生态效能"的转换。说到底，也还是寄托着作者的初心和志向。

综上所述，志朝先生自幼爱好诗词，从小学、中学直到大学，循序渐进。在汾河水、吕梁山的陶冶下，形成了独特的诗词风格，那就是以"乡愁"为经，以历史为纬，以生态环境为重点，他的教学、从政经历，以至对环境科学的调研都形成了他诗词的缜密风格。因此他的诗作既有逻辑思维又有形象思维的特质，其中的家国情怀及忧患意识一直在感染着读者。援笔至此，我想起清人徐增曾说："诗乃人之行略，人高则诗亦高，人俗则诗亦俗，一字不可掩饰，见其诗如见其人。"今人徐晋如也说："世间一切第一等诗词，情感必具个人化……诗人自当悲悯人群，要须是悲悯人群之个人，当谨守自我。"通读《峨嵋鸿泥》诗集确有同感。最后以七律一首祝贺志朝先生的诗集出版：

> 吕梁一脉破云霄，汾水泠泠富酒烧。
> 城堡当依黄土地，临猗堪听壮诗骚。
> 乡愁原是立身本，国故从来入世豪。
> 生态回归多建树，心仪三晋更操劳。

（刘宝安：著名诗人，历任《中华诗词》杂志资深编辑、《诗词家》杂志副主编。现为中华诗词学会导师、中华当代文学学会副会长、《诗词世界》杂志主编。）

新语俱时添　今朝悟理玄

王志超

认识王志朝就是一个奇遇！

2014年，我担任省委党的群众路线教育实践活动督导组副组长，到省环保厅去督导工作，见到参加座谈会的名单上有一个叫王志朝的人，就叫他过来单独见了一下，从此就认识了。但不知道他会写诗，后来时有联系，并知道他是运城老乡（他是临猗人，我是平陆人；他是太原理工大学毕业，我是山西大学毕业），更不了解他一个理工男，一个搞了一辈子生态环境保护工作的人，竟写出了可以发表在《中华诗词》《诗词世界》上的诗词精品。直到有一天，他来到我办公室，让我看了他精选的500多首诗词，说准备出诗集，我才惊掉了下巴，与他进行了长时间的深聊，始弄懂了他的人生轨迹。

河东自古多才俊！自恢复高考以来，运城市连续10年在全省高考中独占鳌头，尤其临猗作为人口大县，也是人才大县，贡献给全国的优秀人才不可胜数。王志朝和我，当时分别考入太原工学院、山西大学，都不能算河东子弟中的佼佼者了。他后来虽未从事文化事业，但河东子弟骨子里的那股文人气质不仅没有泯灭，反而因阅历的积累日益厚重而浓烈。他不仅写诗，还写书法，成了一个真正转型成功的文化人。这一点几乎叫我把眼珠子瞪了出来，奇迹就这样不经意间在我身边发生了！

诗言志！且必须是经过人生淬炼之人才能写出好诗来。

"千载滩涂编绮梦……犹唱黄河万古谣。"对故地黄河西滩的钟情跃然纸上。"忽听梁上燕喃呢……年年旧垒补新泥。""累果枝低尺半高,匍匐铁狗自逍遥。""电商大院车喧处,正是当年积涝池。"对家乡的热爱与大发展的歌颂,叫人看得心热。"车行百里绿遮轩,谁遣江南到右关。""四色丰碑迷老眼,为功赤县看青山。"写出了右玉人70年植绿不息,终于将不毛之地变成了塞上绿洲,展现出一个环保人从心底对习近平生态文明思想的钦佩与服膺。他登孤峰山,体会的是"穷通自古砺良贤";他站在中条山上,才理解了"有幸中原立屏障,方将西北免沉沦"。他作为一个党员干部,始终把廉洁从政、克己奉公、执政为民放在心中最高位置,决不碰红线、越底线。而工作之余和退休后,投身文化事业,正可以使他大展拳脚。"今日挥毫怀素志,寒毡再坐自风流。"这就是志朝最本色的人生。

耕读传家久,是河东文化的精髓,也是中华文明的优良基因。在这一点上,从河东大地走出来的一代代优秀儿女不断将其传承和发扬光大,这就是中华优秀传统文化和血脉生生不息的源泉和动力所在!愿我们都能在为历史和新时代而歌中发出新声!

(王志超:研究员,山西省社科联党组成员、驻会副主席。曾出版著作13部,发表论文150余篇。)

目　录

诗画田园

别故乡　　　　　　　　　　　　　003

见雪中红柿有感　　　　　　　　　004

破晓漫步盐湖北岸　　　　　　　　004

回首孤峰别故乡　　　　　　　　　005

紫燕春归　　　　　　　　　　　　006

赏春　　　　　　　　　　　　　　007

故乡小住　　　　　　　　　　　　007

清明过老家麦田　　　　　　　　　008

村村通公路　　　　　　　　　　　009

忆儿时竹竿套蝉　　　　　　　　　009

忆儿时偶然捉住飞雀所追之蝉　　　010

初雪摘红柿　　　　　　　　　　　010

清明返乡祭祖　　　　　　　　　　011

桐花（古风）　　　　　　　　　　012

芍药（古风）　　　　　　　　　　013

紫薇（古风）　　　　　　　　　　014

海棠（古风）　　　　　　　　　　014

回乡（古风六首） 015

老家过年（古风二首） 017

题微信牛耕图 018

回乡（四首） 019

牵牛花赞 022

长兄家见燕初归 023

忆故里老井 024

故乡行（六首） 025

早春有感 028

清明节故里踏青（古风） 029

回乡又见古杏树（古风） 030

清明节共祭老祖（古风） 031

同村人聚会于并州（古风） 032

情系山河

桂林见奶头山随笔 035

车行国家一号风景大道 036

七星湖假鼠草湿地摄影 037

登中条山五老峰 038

两度游云竹湖 039

回客栈途中即兴 040

黄山迎客松 040

赞黄山迎客松 041

题武汉长江大桥 042

过迎泽公园 042

过麦积山 043

游红崖大峡谷 044

花坡小憩 045

大雨中进太行龙洞观景 046

武强县年画博物馆赞 047

登交河故城 048

再过火焰山 049

游葡萄沟 050

五台山北峰看雪山 051

西山观景楼秋望并州城 052

赞开封铁塔 053

纺织厅小院 054

游驼梁云顶花海 055

游运城盐湖 056

河曲县 057

暮色汾河滩 058

再登悬瓮山 058

早秋夕游滨秀园 059

过闻喜县 060

冬日于大同古长城遗址 061

早春汾河公园 061

碛口（二首） 062

山顶人家（古风） 064

登鹳雀楼（古风） 065

过石门（古风） 066

过晋陕大峡谷（古风） 067

过圣天湖（古风） 068

赠李和平（古风） 069

过临猗双塔公园 070

周庄古镇游　　　　　　　　　　　　071

初秋骑行　　　　　　　　　　　　　072

镜泊湖览胜　　　　　　　　　　　　073

过吊水楼瀑布　　　　　　　　　　　074

应邀游雁栖湖　　　　　　　　　　　075

早春骑行　　　　　　　　　　　　　075

山城春来晚　　　　　　　　　　　　076

故乡过大年（古风四首）　　　　　　077

重游周庄古镇　　　　　　　　　　　079

过都江堰　　　　　　　　　　　　　080

溽暑饮啤园中　　　　　　　　　　　081

题和平微信发漓江照片　　　　　　　081

访三亚长寿之乡　　　　　　　　　　082

游黄果树瀑布群景区　　　　　　　　083

太原回临猗高铁上（古风）　　　　　084

遵义虾子羊汤（古风）　　　　　　　085

孤峰山（古风）　　　　　　　　　　086

登大嶷山（古风）　　　　　　　　　087

晋阳湖观水上灯演（古风）　　　　　088

雨后晓骑行汾河畔　　　　　　　　　088

苍儿会团建　　　　　　　　　　　　089

重游蒲坂古渡　　　　　　　　　　　090

游黄河滩万亩荷花　　　　　　　　　090

汾河男女二桥　　　　　　　　　　　091

题乌尊　　　　　　　　　　　　　　091

汾河巨龙　　　　　　　　　　　　　092

过临猗傅作义故居　　　　　　　　　093

游黄河石门景区　　　　　　　094

怀古行吟

过袁林有感　　　　　　　　　097

醉翁亭前怀古　　　　　　　　098

过圆明园　　　　　　　　　　099

参观阳明堡飞机场遗址　　　　100

过黄埔军校　　　　　　　　　101

过陈胜墓　　　　　　　　　　102

过曹植墓　　　　　　　　　　103

过骊山兵谏亭　　　　　　　　104

过李鸿章故居　　　　　　　　105

登庐山　　　　　　　　　　　106

瞻武乡县砖壁村八路军总部　　107

车行武乡山中　　　　　　　　108

砖壁　　　　　　　　　　　　108

友人带来阳高县大黄杏　　　　109

感《甲午海战》（古风）　　　110

登山海关　　　　　　　　　　111

登碣石山　　　　　　　　　　112

浪淘沙·遵义会址（词林正韵）　113

瞻柳亚子故居　　　　　　　　114

过三星堆遗址（古风）　　　　115

过羊头山　　　　　　　　　　116

过五谷殿　　　　　　　　　　117

瞻高平炎帝陵　　　　　　　　118

感玄中寺宗风千年　　　　　　119

桐叶封弟　　　　　　　　　　　120

秋日登三十里铺长城古堡　　　　121

过鸭绿江断桥　　　　　　　　　122

瞻抗美援朝烈士纪念碑　　　　　123

康熙点将台　　　　　　　　　　124

于成龙故居　　　　　　　　　　125

成都惠帝陵有感　　　　　　　　126

刘备殿有感　　　　　　　　　　127

热河行宫怀古　　　　　　　　　128

读《史记》有感（六首）　　　　129

白痴皇帝　　　　　　　　　　　131

贾南风（古风）　　　　　　　　132

杯酒释兵权之问　　　　　　　　133

北宋赵普（古风）　　　　　　　134

南唐李煜亡国之恨　　　　　　　135

黄袍加身后仁政堪赞　　　　　　136

宋祖驾崩之谜　　　　　　　　　137

奇葩南汉国　　　　　　　　　　138

可怜宋太宗　　　　　　　　　　139

登秋风楼（古风）　　　　　　　140

游扬州东关古渡遗址（古风）　　141

过蒲州古城（古风）　　　　　　141

夜游苏州山塘街　　　　　　　　142

过范蠡阁　　　　　　　　　　　143

远眺雁门关　　　　　　　　　　144

瞻八路军太行纪念馆　　　　　　145

过青冢　　　　　　　　　　　　146

过运城舜帝陵　　　　　　　　　　147

岳阳楼望君山　　　　　　　　　　148

成都武侯祠怀古　　　　　　　　　149

摔傻阿斗丢江山　　　　　　　　　150

岳阳楼上再读记　　　　　　　　　151

过李师师墓　　　　　　　　　　　152

过岳飞庙　　　　　　　　　　　　153

蒲州古城　　　　　　　　　　　　154

瞻黄帝陵　　　　　　　　　　　　155

驳张仪苏秦同师鬼谷子（古风）　　156

访张仪村（古风）　　　　　　　　157

舜帝陵奇柏（古风）　　　　　　　158

沧州古铁狮子（古风）　　　　　　159

偶见老槐上四个鹊巢相叠　　　　　160

夏日省亲　　　　　　　　　　　　160

感事抒怀

兰花　　　　　　　　　　　　　　163

二月二日龙抬头　　　　　　　　　163

西山培训基地秋晨散步　　　　　　164

北京十三陵附近某电力培训基地深秋见奇异落叶　164

喜逢王章秀故友　　　　　　　　　165

看电影《一出好戏》有感　　　　　165

二十年后又进影院　　　　　　　　166

装合页有悟　　　　　　　　　　　166

粉笔语　　　　　　　　　　　　　167

退休同学聚会　　　　　　　　　　167

若烹小鲜饭店欢送章青芳赴皖　　　168

忆少年时搜红薯　　　169

大暑闻蝉偶笔　　　170

正月十四于大同偶吟　　　171

并州高中同学聚会（古风）　　　172

题好友发来照片　　　172

岁末观雪　　　173

雨后彩虹　　　173

游学离乡　　　174

春日放鸢所思（古风）　　　174

南京玄武湖忆当年毕业实习（古风）　　　175

见普救寺牵媒杏树（古风）　　　175

正月晦日又见雪　　　176

鼋头渚赠冯亮　　　177

忆 1977 年居家备高考　　　178

汾河公园见老叟光脊背对弈戏作（古风）　　　179

陪冯亮尝头脑　　　179

沉重悼念贺红同志（古风三首）　　　180

和志刚兄《期盼同学相会》　　　181

蝈蝈　　　182

寄红光兄　　　183

立秋　　　184

题爱女蓉城照片　　　185

爱因欲吃画中水果　　　186

小女接电话　　　187

寄故里同年聚会　　　188

鹏婿生日宴题湘荐酒店（二首）　　　189

除夕逢立春回临猗（古风）　　　　191

郝丽虹主任荣调（古风）　　　　192

岳母病危（古风）　　　　193

痛悼长兄（古风）　　　　193

悼同学王克让（古风）　　　　194

悼念陈志鹏（藏头诗）（古风）　　　　195

野钓者的人生（古风）　　　　196

晋哲王丹婚礼口占（古风）　　　　197

高中同学聚会　　　　198

翻见母做奶娘照片　　　　199

恸悼二兄长　　　　200

退休大棚种菜　　　　201

高考日忆高考　　　　201

感二姐又寄水果　　　　202

风筝祭　　　　202

无题　　　　203

悼岳母　　　　203

退休放歌

秋气抒怀　　　　207

老年队庆"六一"　　　　208

退休感怀　　　　209

退休杂兴（二十一首）　　　　210

中秋感怀　　　　220

退休网名阿朝改作采菊东篱　　　　221

退休知喜鹊夜寐　　　　221

冬日放歌　　　　222

观剧有感 223

退休后大棚种菜 224

退休晓听楼外槐枝鹊乱 225

秋日登孤峰 226

回访西任上二级扬水站（古风） 227

退休一年述怀（古风） 228

重访西任上二级扬水站 229

汾河畔骑行口占 229

孤峰吟 230

汾河吟 230

人生第一球 231

他人索字吾自勉 231

时代风云

晨园中大妈广场舞 235

乡村敬老院书春联 235

傅山园违章别墅整顿 236

股市遇暴跌 237

团建篝火晚会 238

感排雷后人墙验收 239

浪淘沙·关公文化节 240

飞蝼 241

汾湖高新区赞 241

汾河男女二桥赞 242

头脑 242

观打铁花 243

第2届全国青年运动会开幕式 243

炒作七夕情人节有感   244

高炉出钢   245

高炉出焦   245

早六点过图书馆见排长队   246

咏中华诗词学会   246

夫妻流动麻花车   247

高铁机组赞   247

赏析大众途昂广告（古风）   248

古城除夕夜（古风）   248

古城新春街景（古风四首）   249

龙城新春灯万家（古风）   251

晋阳古城灯会（古风）   251

谷爱凌冬奥夺冠赞   252

次大同古城杂兴   253

浪淘沙·上元夜于迎泽大桥   254

新时代端午   255

中秋视频祝福   256

并州丁酉元宵夜   257

丁酉春节傅山园观三晋花馍展   258

辽宁舰   259

乘高铁历蜀道难   260

舞狮（古风）   261

拔火罐   262

青运会圣火采集台   263

赞青运会圣火采集   264

赴京参加诗词论坛有感   265

住党校月下散步   266

长沙至太原飞机上 267

山西省"喜迎二十大 银龄心向党"诗书大赛获奖
诗（五首） 268

题中华最美古树（二首） 272

园亭见民工休息 273

新购电蚊拍灭蚊子 274

飞悉尼 274

两组航天员太空同舱 275

重游尼亚加拉瀑布 276

赞金秋笔会潘泓会长改稿 277

聚餐迟到者 278

观第29届洪洞大槐树文化节寻根祭祖大典（古风） 279

题马涛发来照片（古风） 280

观《遍地月光》黄梅戏感作（古风） 281

国庆和平公园看菊展（古风） 282

感新旧韵博弈 283

网购 284

谷雨后大雪堵车 284

雪后徒步上班 285

快递小哥空运援京 285

环保情怀

题中条山风电基地 289

过雁门关风电场 290

沙尘暴 291

瀑布问答 291

汾河畔骑行 292

乘高铁去西安见连片大棚   292

再过长治国家城市湿地公园   293

史上最严环保令   294

雁门关行   295

浪淘沙·北戴河观海台   296

芮城光伏基地   297

乘高铁赴武强县做污染司法鉴定   298

车行青银高速   299

过薛公岭隧道   299

晋祠难老泉复流   300

早春汾河公园   300

手机拍下螳螂捕蝉   301

游月亮湖   302

观塞罕坝践行"两山论"   303

早春登山偶见   304

见螳螂捕蝉   305

看电视中螳螂捕蛇   305

自忻州夜半赴京公干   306

过南水北调首都分水湖   307

白枕鹤283号故事   308

大同火山群   309

过清徐东湖   310

碛口古镇   311

湫水河调研   312

破晓喜见春雪驱霾   313

普救寺莺莺塔蟾声之谜（古风）   314

苏州到南京高铁上   315

过熊猫基地 316

石殇（古风） 316

放歌云竹湖畔（古风六首） 317

雀占燕巢（古风） 320

老庄新竹（古风） 321

乘机神游 322

检查汾河入黄河处水质 323

武夷山九曲溪泛竹筏 324

过雁门关隧道 325

暑日桥头值暴雨 325

过黄龙景区 326

过九寨沟 327

春节后运城返并列车上口占 328

元宵日遇雨水节气（古风押仄韵） 329

中阳避暑 330

秋夜游汾河有感（古风） 331

矸石山治理调研 331

五一节后天气仍寒 332

早秋访重庆 332

秋夜河畔 333

汾河入黄口（古风） 333

感卫星图片解读垃圾堆放点（古风） 334

见冬青叶片长成幼株 334

峨嵋思少年看耍猴 335

夜过汾河畔 335

赴甘肃做生态破坏司法鉴定（二首） 336

题人工增雪视频 337

题春雪　　　　　　　　　337

癸卯除夕夜　　　　　　　338

对　联

春　联　　　　　　　　　341

贺　联　　　　　　　　　349

挽　联　　　　　　　　　352

附　录

作者履历　　　　　　　　357

证书、职务及获奖情况　　357

心　语　　　　　　　　　367

诗画田园

别故乡

潸泪惜别古庙前，轻车渐远大嶷山^①。
白杨不忍客离去，挥手排排无尽边。

【注释】

①大嶷山：峨嵋岭古称晋原，其西界黄河，北界汾河，南界涑水，东连太岳山的支脉紫金山，东西约100千米，南北约60千米的黄土台地上分布着稷王山、孤峰山、大嶷山、小嶷山，是一个极缺水地区，有"千尺井"之苦。余故里位于临猗县双嶷山的大嶷山（古称"云梦山"）脚下。

见雪中红柿有感

青涩青皮少壮时，斜风骤雨志难移。
寒霜尽染叶凋尽，一树彤彤傲雪欺。

破晓漫步盐湖北岸

运城盐湖，毗邻中条山，东西横亘近百里，作畦晒硝，蔚为壮观。余驻该市督察环保半月，清晨散步于湖畔，吼几声蒲剧，群鹜惊飞。

长滩百里漫青烟，一缕红曦破晓残。
千仞中条披黛色，万畦硝雪映云天。
蒲腔声半平芜远，惊鹜几群荻荡喧。
欲享良辰难停步，疾回宾馆搞攻坚。

回首孤峰别故乡

沐浴晨曦向远行，春风耳畔挽留声。

孤峰无语云一片，^①挥臂送别通古城。

【注释】

① "孤峰"句：孤峰山顶有"海眼"，常有白云缭绕。

紫燕春归

晨听梁上语呢喃，岁岁如期柳入烟。
曾似前年已谋面，祈求雏燕戏青莲。[1]

【注释】

[1]"祈求"句：燕子春天来，哺育一代幼燕，秋天飞回南方。

赏春

簇簇桃花映早霞，春风十里染田家。
蜂蝶上下枝头醉，人嗅浓香蕊弄颊。

故乡小住

萦怀聊慰到家乡，池畔古槐烟雨茫。
旧院难寻楼槛靓，童孩猜认父腮庞。
促膝夜半游魂醉，鸡唱三更绮梦香。
非是多情生处爱，年年户户迈丰康。

清明过老家麦田

碧浪随风入眼眸，耳根犹响摆牛耧[1]。

一颗下土伴秋雨，万粟归仓抢夏收。[2]

雁粪[3]雪僵篮捡满，田穴水灌鼠亡畴。[4]

弄潮三晋四十载，萦梦麦原思远愁。[5]

【注释】

①摆牛耧：人扶牛拉耧。

②颔联：中秋节前后种小麦，常常阴雨绵绵；夏季人力割麦，甚辛苦，有"龙口夺食"之说。

③雁粪：冬天大雁食麦苗的遗粪，可做猪饲料。

④"田穴"句：用"水灌穴法"除麦田里的鼠害。

⑤"萦梦"句：家乡麦田是一生的记忆。

村村通公路

连镇牵村阡陌行，坦平油亮不鸣笛。
电商珍品当天去，致富相期征路急。

忆儿时竹竿套蝉

拴竿马尾活箍圈，屏气枣枝蝉鬃前。
头拱爪拨缠体半，起竿鸣惨曳空悬。

忆儿时偶然捉住飞雀所追之蝉

凄鸣戛止匿枝低，甫定惊魂五指欺。
飞雀墙头怅然看，咽鸣剪翼送餐鸡。

初雪摘红柿

扫叶西风雪步尘，树头灯挂影深深。
漫坡酡面①山难醉，迷醉却寻摘柿人。

【注释】
①酡面：饮酒脸红的样子。

清明返乡祭祖

雨丝叩轩^①曲沉沉，峨嵋孤峰哀烟云。^②

桃色沐露柳新新，游子归乡情深深。

苍柏岁岁为陵伍，黄花^③年年迎归人。

荫先泽后祭子福^④，春草春晖沐露霖。

【注释】

①轩：指车窗。

②"峨嵋"句：峨嵋岭孤峰山为余家乡的地标。

③黄花：坟头的迎春花。

④子福：大花馍中夹红枣、核桃、鸡蛋等，曰子福。祭于祖宗坟头，取意子孙多福。

桐花（古风）

应候绽放危枝头，^① 花塔累累白紫秀。

一地玉铃东风过，炎夏荫浓桐叶稠。

【注释】

①"应候"句：泡桐树干高大，泡桐开花为清明三候之一。

芍药（古风）

常作花相配花王，^① 总是殿春^②绽芬芳。

本就仙丹救世殇，犹费辞章叹惆怅。

【注释】

①"常作"句：芍药原本是良药，常与牡丹同地种植，以延长观赏花期。

②殿春：春天的尾巴。

紫薇（古风）

吮露聚华不争春，翠夏浅秋始纷纭。

可曾人间赐富贵？一锥晶霰千秋醉。

海棠（古风）

九九冰雪蕴华章，一日春雨放清香。

红白玲珑迎风荡，醉蝶翩翩蜂亦狂。

回乡（古风六首）

　　戊戌端午，故乡小憩。一草一木，倍感亲切。引黄济汾上峨嵋台塬，千年干旱之地，渠网密布，清波粼粼，40 年前猖獗的旱地田鼠几乎绝迹，当年很少见的野兔随处可见，尤其是孩提时代从未见过的野鸡因遍地果树林而大量繁殖。家家户户用上来自深井的自来水，几百年来靠收集雨水供人畜四季饮用的池塘，经过农村环境综合整治，成为亮丽的景观水体。乡亲们对古木有着朴素的情怀，拆屋建楼，修田整地，保留老树，全村百年以上的老树有百余棵。这是一代又一代人的记忆！我由衷钦佩，为他们点赞。

其一　老柳

　　万条徐风一树烟，百年婀娜立池边。
　　求学辞根丝缠绵，致仕向祖拂泪颜。

其二　新渠

　　引黄济汾上高峦，清波自流映日炎。
　　果压枝低麦浪翻，千年旱塬变水田。

其三　古槐

铜干虬枝嫩叶繁，旧窠新鹊喳声远。
相伴里舍四百年，老屋已去新楼添。

其四　柿树

欲滴翠叶掩青柿，青涩少年常攀枝。
六十春秋霜鬓稀，老树唯有根瘤奇。

其五　老塘

一鉴圆陂清波盈，双鸭戏水莲飐风。
千年饮水作观景，蛙鸣依旧当年声。

其六　雉鸡

雉鸡掠林野兔肥，旱鼠厄于林下水。
农村改革四十春，林密草丰环境美。

老家过年（古风二首）

其一　除夕

金犬逐鸡上轩窗，五福送到满院墙。

一簇柏枝驱邪瘴，两幅门神护吉祥。

其二　禁炮令

金鸡姗姗玉犬疾，千年郇阳①风景异。

炮声响起禁令碎，重霾熏熏屑满地。

【注释】

①郇阳：郇阳究竟为何地，历史学家说法不一，其中临猗说较权威，但具体位置待定。

题微信牛耕图

　　峨嵋学子群中程建江教授发《夫妻黄牛春耕图》，文字说明为"一张图引发临猗多人关注"。我发打油诗："墨绿油黄绣大地，更添稀景牛拉犁。一图众吟皆好诗，三晋才子出临猗。"后又口占一绝。

　　　麦绿花黄紫燕啼，又尝土味^①展牛蹄。
　　　一犁春雨夫妻共，金粟千斛雁唳时。

【注释】
①土味：土地的芳香。

回乡（四首）

其一　邀孙辈摘榆钱

冠巨扬风钱串密，[①]　袋接树下应孙侄[②]。

猿攀当日枝条颤，[③]　欲踏实丫老腿欺。[④]

【注释】

①"冠巨"句：冠巨，树冠硕大。钱串，榆钱枝条。

②应孙侄：答应侄孙。

③"猿攀"句：猿攀，喻攀缘树干轻巧灵活。枝条颤，枝条细软，负重后颤抖。

④"欲踏"句：实丫，结实的树杈。老腿欺，年迈腿僵。

其二　见村姑果园疏花①

茫野绿林铃语②朗，梢头十指捋花忙。

秋来大果销欧美，自信农家有主张。

【注释】

①疏花：摘掉部分花，使花从密变稀，长成大果。

②铃语：风铃的声音，借指村姑的清脆之声。

其三　故里夏日夜果园捉幼蝉①

潺暑落晖原野暗，万家灯火下田园。

若虫爬树窥黑夜，② 巧手捉拿倚亮斑③。

林下滋生经数岁④，村旁交易现回钱。

收蝉丰果荷包满，奔路安康梦正甜。

【注释】

①在故乡，"捉知了"已成为果农的一个副业，油炸知了也是一道美食。

②"若虫"句：幼蝉在夜间爬上树干，脱壳后躯干和翅膀变硬，曰"蜕变"。

③亮斑：用手电筒照亮。

④经数岁：蝉幼虫可在土中生活几年，甚至十几年。

其四　夏日果园

旷野翠林远，露圆白日炎。

蝉鸣轻杪近，果坠劲枝弯。

叶动瞄鸠过，草摇知兔潜。

短衣描汗渍，丰景沁心田。

牵牛花赞

细问牵牛[①]恐笑谈，不甘低位苦争攀。[②]
喇叭一架迎初日，[③] 花籽驱虫万户安。[④]

【注释】

①牵牛：牵牛花，又名喇叭花、勤娘子等，分类为牵牛属，与动物牛没有任何关系。

②"不甘"句：此花缠绕草木，攀高不止。

③"喇叭"句：花开日出前，有勤劳之意。

④"花籽"句：牵牛花种子，可以入药，旧时为驱蛔虫良药。余少年时食之，确见从腹内排出药死的蛔虫。

长兄家见燕初归

忽听梁上燕喃呢，幼犬相猜老犬识。①
南驾金风②无应诺，年年旧垒补新泥③。

【注释】

①"幼犬"句：燕子去年飞南方后幼犬才出生。

②金风：秋风，燕子春来秋去。

③新泥：燕子每年都要用新泥对旧巢进行修补。

忆故里老井①

磊磊索勒痕，② 千尺③窖幽深。
人畜厄滴水，井陂龟仲春。④
四人齐摆臂，两罐溢汲霖。⑤
廿代好儿女，⑥ 一槽⑦浊不分。

【注释】

①老井：俗称大井。当地称存储雨水的涝井为小井，汲地下水者为大井。

②"磊磊"句：磊磊石头凿成的圆形井口上，井绳留下道道勒痕。

③千尺：故里地处峨嵋旱塬，井深200米以上。

④"人畜"二句：春季人畜缺水，小井和陂池干涸龟裂。

⑤"四人"二句：深井的辘轳较大，须4人同时摇动。井绳两端各系一个柳条水罐，一上一下，省时省力。

⑥"廿代"句：井上专门建有房子，房内井台上有石刻，记录此井建成已逾400年，约有20代人使用。

⑦一槽：柳条水罐里的水倒入大石槽里，再分装到各家水桶中。

故乡行（六首）

其一　老杏树下乘凉

老眼赢来三日闲，卧斜荫上仰苍天。

清蝉只唱儿时曲，诧看新芽发古干。

其二　看果园中耕

累果枝低尺半高，匍匐铁狗①自逍遥。

耕田交给卫星管②，又报价格出口飙。

【注释】

①铁狗：一种矮小的拖拉机。

②卫星管：用卫星导航定位。

其三　蛙声

蛙鼓一声少小时，雨歇狗刨①满身泥。

电商大院车喧处，正是当年积涝池②。

【注释】

①狗刨：一种游泳姿势。

②积涝池：地势低洼的坑塘，下雨后积存雨水。

其四　庭前油菜花

小院一隅灿灿黄，蕊馨犹使万蝶狂。

蔓菁雪里人参味，① 夏浅榨油千瓮香。②

【注释】

①"蔓菁"句：山西南部油菜籽秋种春收，把油菜籽根称作蔓菁，冬天从雪地里挖出，味美可食，有"小人参"之誉。

②"夏浅"句：油菜籽春天收割后，夏初榨成菜籽油。

其五　大嶷山春早

柳染鹅黄杏蕾催，草芽似有近前微。^①

河开归燕衔泥累，一缕春风上峨嵋。

【注释】

①"草芽"句：远看地面绿茸茸，近看却只是纤细的草芽。

其六　再访涑水河治污

桃萼圆圆簇镜头，小溪清唱绕石流。

蝴蝶上下恐春老，树荫斑驳弄暖柔。

早春有感

红花燕语喃，春雨暖冰寒。

涑水^①吾乡润，孤峰^②他日尖。

耳机眉户啭，^③ 林果寸屏鲜。^④

羁旅忧伤意，唐诗唯在焉？^⑤

【注释】

①涑水：涑水河为黄河中游的一级支流，是余故乡临猗县的母亲河。

②孤峰：孤峰山位于山西省万荣县境内，距余故里10余千米。

③"耳机"句：眉户剧种，又称眉鄠或迷糊。临猗县有眉户剧团，久负盛名。

④"林果"句：网购的水果新鲜。寸屏，手机。

⑤"唐诗"句：现代社会通信、交通发达，现代人很难体会到唐人的羁旅之愁。

清明节故里踏青（古风）

青麦黄花细雨霁，归燕旧巢添新泥。

发小邀我踏青处，陇上坟头压新纸。[①]

【注释】

① "陇上" 句：祭祖后要在坟头压一张白纸。

回乡又见古杏树（古风）

空干①藏人枝头高，细雨润露青杏小。

熏野如醉春风里，犹味老种大红袍②。

【注释】

①空干：树干已空。

②大红袍：果小、色艳、味浓的古老杏树品种。

清明节共祭老祖①（古风）

瓜瓞四百秋，共奠香一炉。

八方归故里，同缅开村祖。

根生二十代，枝枝馈品酬。

纸钱化青烟，灵台享醇酒。

欲散阡陌上，喧畴乡情悠。

【注释】

①共祭老祖：清明节，全村王姓共祭裴家庄第一代祖宗王景春，后各自祭自家先人。

同村人聚会于并州（古风）

十月龙城叶正黄，鹳雀楼馆聚同乡。[①]

水晶杯盈面正醅，白玉盘空叙家常。

并州老者拓荒艰，故园新燕筑巢忙。

通名犹须报令尊，惊呼发小孙辈强。

薄宦学子聚一堂，瓜瓞绵绵根脉长。

【注释】

①"鹳雀"句：正科兄召集裴家庄在并州的游子，相聚于太原鹳雀楼饭店（运城风味菜馆）。

情系山河

桂林见奶头山①随笔

桂江小玉逊轩昂，北地伟博凌傲狂。②
禹域步量唯眷念，③ 孤峰毕竟世无双。

【注释】

①奶头山：桂林的山，小巧玲珑，其状似乳头。

②"北地"句：北方的山多突兀险峻。

③"禹域"句：旅行全国各地。

车行国家一号风景大道①

带飘宽道挂天边，叠嶂和风轮叶圆。

绿幔环围花片片，苍穹低盖霭团团。

清涟泡子群鸭乱，翠色林丛两鹿闲。

缓缓车行多惬意，徐徐策马不加鞭。

堪称一号江山旖，秋狝当年过眼烟。

【注释】

①国家一号风景大道：该道位于河北省坝上，风景优美，两旁有林带、风电场、淡水湖，起伏的丘陵上牧草青青，牛羊遍地。游人可戏水、骑马。坝上曾是清代木兰秋狝之地。

七星湖①假鼠草湿地摄影

斗星何意落人寰，海草连波向秀山。
观景亭台快门按，鹭鸥掠镜水云间。

【注释】

①七星湖：塞罕坝森林公园内著名景点，因有七个小湖排列如北斗而得名。

登中条山①五老峰

云卷中条透翠浓，九曲腾啸访黄龙。
五耆②千古雾中坐，谈笑人间事不同。

【注释】

①中条山：位于山西南部，南有黄河相伴，北毗邻运城盐湖。

②五耆：中条山的著名景点五老峰，犹如五位仙老对谈。

两度游云竹湖①

消暑云竹日犹炫，湖光山色远接天。

梨花岛上青梨嫩，波里清凌虾子鲜。

弄水寻芳谷雨时，湖天一色划山齐。

桃花岛上红泥厚，荻苇曳风双鹭嬉。

【注释】

①云竹湖：又名云簇湖，位于山西晋中榆社县，景色宜人，是山西近年来旅游度假的热门景点。山西省环境与资源保护协会在此举办了两期培训，余作为专家委员会主任曾在此讲课。

回客栈途中即兴

从七星湖回客栈途中，半落车窗观夕景。

远山隐隐日初衔，弯路轻车落半轩。
倦鸟归巢双翅展，游骑返舍四蹄闲。

黄山迎客松①

漫野松千万，专人巡我看。
当年火警急，总理独询俺。

【注释】
①黄山迎客松：1980 年此松始配有专职护理员。1973 年黄山玉屏楼附近发生大火，周恩来总理亲自致电要求力保此松安全。

赞黄山迎客松

挺身张臂啸长风，日日相欢四海朋。[1]
神笔京都写魂处，国宾留影色长青。[2]

【注释】

①"日日"句：中外游客在此松下拍照，每每排起长队。

②"神笔"二句：人民大会堂内的黄山迎客松巨幅屏风，为国家元首接见外宾时的留影处。黄山迎客松为"黄山四绝"之一，有侧丫伸出，犹如伸手臂迎客。

题武汉长江大桥

长江大桥如长龙，静卧龟山和蛇山之间。

行云施雨万千年，忽卧龟蛇苍莽间。
任尔波翻列车碾，江天风雪梦犹酣。

过迎泽公园

分半阴阳一藕塘，曲栏接水浴鸳鸯。
尤堪锦鲤惹人爱，摆尾游食自在郎。

过麦积山①

慕仰西飞到岭前，春风共我影翩翩。

窟开一垛龛雕像，传法千年炉袅烟。

应笑梵宫急事拜，漫参经卷日常观。

旋梯挂壁参差去，虚境红尘两释然。

【注释】

①麦积山：因形似麦秸垛而名，位于甘肃省天水市麦积区，现存221个窟，是中国四大石窟之一，洞窟之间靠栈道通达。

杜志刚兄和《过麦积山》

平生多有参禅愿，结朋携伴意翩翩。

无缘礼拜陇石像，有幸敬闻晋炉烟。

千窟无龛不释道，万乘有僧皆同观。

临事还来抱佛脚，虚境红尘难释然。

游红崖大峡谷①

鞍岭②迤逦清气扬，一峡醉沁彩霞妆。

鸟歌松韵激情荡，骝影黄花柔意长。

白瀑红崖叠玉霰，巨轮钢索转夕阳。③

飞盘星幻虎龙斗，④ 喜看青春有担当。

【注释】

①红崖大峡谷：位于山西省灵石县。

②鞍岭：景区内最高峰牛角鞍是太岳山最高峰。

③"巨轮"句：巨轮，风力发电的叶轮。钢索，缆车。

④"飞盘"句：团建时分组比赛，有多种运动，其中有飞盘。

花坡①小憩

山花人醉睨斜天，鸟语清风和细泉。
忽梦少年槐荫卧，②半身土粉草一篮。

【注释】

①花坡：山西省沁源县一著名景点，海拔 1800 米以上，漫坡花开，五颜六色。

②"忽梦"句：余少年时在故乡割草，常避暑于古槐树下。

大雨中进太行龙洞①观景

驱车沐雨看幽洞，万象临光景不穷。

上眺八仙舞琼宇，俯窥水怪闹龙宫。

如磐巨蟹欺白马，似伞蘑菇坐老翁。

钟乳滴落长石笋，兆年来访寸毫筇。②

【注释】

①太行龙洞：位于山西省长治市武乡县，是北方罕见的喀斯特溶洞，洞内钙华景观千姿百态，在五颜六色的灯光映射下，更显光怪陆离。

②"兆年"句：钟乳从上往下生长，石笋从下往上生长，依靠从水中析出的钙华极其缓慢地沉积，1万年长约1米，洞内景观形成于2300万年前。

武强县年画博物馆^①赞

浓艳古拙乡土葩,^② 小城藏宝客皆夸。

麒麟梅鹊佳音送,^③ 刘海钟馗乖戾杀。^④

辉耀宋明贴半壁,^⑤ 传承雕版占独家。

一张年画福千户, 紫气东来佑岁华。^⑥

【注释】

①武强县年画博物馆:全国第一家年画专题博物馆,是国家级非物质文化遗产代表性项目武强木版年画的保护单位。

②"浓艳"句:年画是中国民间特有的绘画艺术,具有浓郁的乡土气息,其构图丰满,设色鲜亮。

③"麒麟"句:指麒麟送子、梅鹊报喜。

④"刘海"句:指刘海砍樵、钟馗捉鬼等传统故事。

⑤"辉耀"句:宋明时期武强年画行销大半个中国。

⑥"紫气"句:贴年画以祈福禳灾,保佑年岁平安。

登交河故城

车师羁旅西风烈，柳叶一片漂两河。①

累累坊衙曾有垛，森森府舍已无堞。

凿崖作户关如铁，减土成墙壕是街。②

目送残阳衔岭远，马龙丝路印新辙。③

【注释】

①"柳叶"句：交河故城是车师前国的都城，唐代安西都护府的驻地，俯瞰其形如柳叶。

②"减土"句：交河故城是世界上最大的生土建筑城市，它是以"减土留墙"的方式从高耸的台地向下挖出来的。

③"马龙"句：指中国的"一带一路"倡议。

再过火焰山①

无绿童山②看万年，焚风岩赤焰撩天。

峰横壑纵鸟踪灭，夏烤冬蒸云水干。

客指扇蕉凉气唤，影合金棒火炎煎。

流连热景导游喊，下站葡萄沟饮泉。

【注释】

①火焰山：吐鲁番著名景点，与葡萄沟景区毗邻。内有巨大的金箍棒形状的温度计、芭蕉扇和唐僧西天取经雕塑。

②童山：草木不生的山。

游葡萄沟①

俯瞰荒原亘万丘，阳关西度在金秋。②

葡沟带绕火山绿，车轨回萦驼队悠。

轻舞曼声高索抖，藤廊叠翠玉珠稠。

千年雪水润盆地，汉使携枝衍九州。

【注释】

①葡萄沟：火焰山脚下的一处峡谷，沟内水源为高山融雪。张骞出使西域时将这里的葡萄引入内地，景区内有维吾尔族达瓦孜（高绳表演），惊险刺激。

②"阳关"句：秋日乘机赴新疆，葡萄沟在阳关西边。

五台山北峰^①看雪山

落花琼宇向琼宇，莲座五峰斗峰举。

金珀殿堂敷玉脂，寒霄灵鹫听佛语。

【注释】

①五台山北峰：即五台山北台顶，亦名叶斗峰，大半年白雪皑皑，是华北的最高峰。叶指叶光神，是中国古代五方神中黑帝神的名字。五台山还有灵鹫峰，上有菩萨顶。

西山观景楼①秋望并州城

云破苍穹缕曙暄②，群楼穿雾立城寰。

逶迤一水③舞银练，蜿绕三山④透绿岚。

几片残霞行雁去，万畦金稻⑤两鸥旋。

天高风细极情远，身处青巅不记还。

【注释】

①西山观景楼：太原西山万亩生态园内有观景楼。

②缕曙暄：阳光穿云隙而出。

③一水：汾河由北向南穿城而过。

④三山：西山、北山、东山。

⑤金稻：经过多年治理，水质变好，已恢复种植驰名全国的晋祠水稻。

赞开封铁塔

铁锥空向点云低，遍体琉璃①百世稀。

雄踞中原论今古，振铎九曲唱东西。②

罅开倭炮骨铮在，③ 蛐叫昏君宋阙移。④

舍利灵明播智慧，影光国宝⑤再传奇。

【注释】

①琉璃：塔身通体砌褐色琉璃砖，浑似铁铸。

②"振铎"句：铎，大铃。九曲，黄河。

③"罅开"句：铁塔建于北宋皇祐元年（1049），塔身曾遭日寇多次炮击，已有裂缝。

④"蛐叫"句：北宋都城在开封，北宋君王贪图享乐，亡国后南宋都城移至杭州。

⑤国宝：铁塔为国家重点保护文物，今有铁塔灯光秀旅游项目。

纺织厅小院

　　余退休后曾在鉴定中心任专家组长，鉴定中心租用原纺织厅的小院办公。

　　　　龙爪海棠朱槿丰，苍苍难掩小红亭。
　　　　枝枝老树青梨满，闹市喧嚣一院宁。

游驼梁^①云顶花海

林海涛涛红紫漫，雾云缭绕万叠岩。
蜿蜒千载驼梁在，半日氤氲恍若仙。

【注释】
①驼梁：位于晋冀交界处，属五台山系，林翠瀑清，因形似驼峰而名。

游运城盐湖①

百里盐湖百池雪，千年条脊万峰岑。

御书神庙巍然在，盐政城堞何处寻?②

七省盐香连万户，十邦硝粒占平分。③

抚琴帝舜鸣条赋，④ 今日南风九壤熏。⑤

【注释】

①运城盐湖：世界三大内陆盐湖之一，位于中条山脚下，横亘东西近百里。湖内划畦晒硝，硝花如雪。

②"御书"二句：唐代宗赐运城盐池为"宝应灵庆"池，封池神为"灵庆公"，并钦定在盐池边建庙祭祀，列入国家典礼；盐池四周的护城墙由唐到清代，世代维修，现主体大多已毁。

③"七省"二句：史上湖盐曾供七省，1985年彻底停止产盐，主产芒硝占全国50%产量。

④"抚琴"句：相传舜帝作《南风歌》，盐池北鸣条岗上有舜帝陵。

⑤"今日"句：本意南风集团，又借指邓小平南方谈话。

河曲县

大河千里小一隈①，耕牧②文明世代垂。
娘母滩闻骄吕后，③ 二人台④步百年飞。

【注释】

①一隈：隈，水弯曲的地方。河曲县由黄河千里一曲之意命名。

②耕牧：游牧农耕文明交汇之地。

③"娘母"句：黄河中有娘娘滩，相传汉文帝刘恒及其母被吕后贬谪于此。

④二人台：二人台剧种起源于河曲县。

暮色汾河滩

长坝亘南北，大桥凌水东。

霓灯珠万串，幽径暮林空。

再登悬瓮山

悬瓮山巅瞰皇苑，朱亭鱼沼①入清澜。

解人总是龙头柏，佑我荫浓思旧年。

【注释】

①鱼沼：悬瓮山下晋祠内的鱼沼飞梁是国家一级文物，也是中国十字形石柱桥的孤例。

早秋夕游滨秀园^①

静苑傍汾水，草茵幽径林。

竹飞双手抖，陀转百鞭抡。^②

梅宇情千古，雕石意远浑。^③

乍秋蝉语乱，诗兴趁黄昏。^④

【注释】

①滨秀园：该园位于汾河上迎泽桥西南角。

②"竹飞"二句：抖飞竹，玩陀螺。

③"梅宇"二句：石评梅、高君宇雕像。

④"乍秋"二句：夏蝉声亢，令人烦躁，秋蝉之声断续凄切。

过闻喜县

花簇大馍^①出北垣，钢城横亘遍河川。^②
帝闻大喜御言赐，^③ 宰相一村无比肩。^④

【注释】

①大馍：闻喜北垣花馍有千年历史，为国家级非物质文化遗产。

②"钢城"句：指山西海鑫钢铁集团。

③"帝闻"句：汉武帝经桐乡，忽报南越国叛乱平息，遂诏令桐乡改为闻喜县。

④"宰相"句：闻喜县礼元镇裴柏村裴氏望族，两千年间出宰相59位、大将军59位，学术领域卓有成就者不胜枚举。毛泽东曾对山西省委书记陶鲁笳说，中国出宰相最多的就是闻喜县。

冬日于大同古长城遗址

大同周边的古长城众多，每每公干，车窗外墩台、古堡遗址、城墙绵延不绝，常引发思古之幽情。

荒芜极目渺无边，夕照枯林尽断垣。
风朔寒鸦八九点，戍关忠骨欲寻难。

早春汾河公园

大河浮碎冰，细草染霜轻。
冬木惨然中，独怜柏自青。

碛口（二首）

其一

晋陕巨峡湫水湍，^① 浪跌三丈止行船。
北南殖货分漕陆，昏晓驼铃涌九川。^②

【注释】

①"晋陕"句：湫水河从东向西冲入黄河的石沙形成了水面近 10 米的落差。

②"昏晓"句：西北各省货物沿河而下至此，转由骡马、骆驼运至太原、京、津各地。回程船把当地出产货物逆流运至西北。

其二

铁路通衢公路网，奈何水运自消亡。[①]
吴翁神笔珠尘净，[②] 中外人潮尽观光。

【注释】

①"奈何"句：新中国成立后铁路公路运输成本低，方便快捷，漕运消亡。

②"吴翁"句：著名画家吴冠中，1989 年发现了碛口李家山村，他在这里的写生创作经历使碛口一夜扬名。吴冠中一生的"三大发现"是湖南武陵源、山陕蒙黄土高原和碛口李家山村。

山顶人家（古风）

余游览山西省宁武县管涔山中悬空村时所作。

晓梦惊鸟鸣，夜阑听虫声。

西涧竹林幽，东麓松涛涌。

屋顶绕白云，脚下溪流淙。

四季未见霾，千年泉水清。

随意守山翁，岂居金阙①城？

【注释】

①金阙：天子所居的宫阙。明沈鲸《双珠记·廷对及第》有"青云随步朝金阙，各要把此衷竭"句。

登鹳雀楼（古风）

鹳雀新楼镌旧诗，季凌①一吟千古楼。

五峰②笋耸苍天半，一河带绕向东流。③

桑田蒲坂掩黄沙，沧海古渡出铁牛。

雕栏暮云收华岳，檐铃朝风响齐鲁。

主席点诗更提楼，④ 九州齐凑四名楼。⑤

改革春风遍神州，盛世民阜上层楼。

【注释】

①季凌：王之涣，字季凌。

②五峰：五老峰。

③"一河"句：黄河由北向南在此地拐弯向东流入渤海。

④"主席"句：2001年重建后，时任中共中央总书记、国家主席江泽民题写了鹳雀楼牌匾。

⑤"九州"句：中国四大名楼中，鹳雀楼复建最迟。

过石门①（古风）

　　余久有夙愿，游览石门天险。公干多次去河津，每每遗憾。兹作为专家讲课余，逆流而上，鲤跃龙门，搏浪石门。

劲船②逆流犁波沉，两舷遏浪石壁滚。
黄龙伏槽水文③准，泵船管长粒沙深。④
石门无怨亘双轨，⑤河汉错开百米痕。⑥
偿得夙愿飞船归，万顷波涛涌一轮。

【注释】

①石门：黄河龙门上游5千米处有石门，最窄处仅宽38米。

②劲船：大功率的小船。

③水文：黄河上的水文站。

④"泵船"句：浪急仅沉粒沙，需要用泥沙泵从水底抽取。

⑤"石门"句：蒙华铁路黄河大桥从河津石门腾空而过。

⑥"河汉"句：有禹疏通河道时遗留的数百米错开河，凿痕如昨。

过晋陕大峡谷（古风）

从偏头关到河津，沿晋陕大峡谷检查诸河入黄口水质，深感三晋表里河山之雄伟，俱念各市县治污成效之显著，黄河水质良好。

汉关①接三省，龙门九曲通。②

天堑③分秦晋，岚霭连远空。

中条华岳断，④ 壶瀑⑤啸山动。

三湖⑥推波远，双楼⑦百代雄。

昆仑⑧一派清，今朝颂禹功。

【注释】

①汉关：偏头关。

②"龙门"句：禹凿龙门，而使黄河入海。

③天堑：晋陕大峡谷。

④"中条"句：中条山、华山。

⑤壶瀑：壶口瀑布。

⑥三湖：峡谷中的三个水库。

⑦双楼：秋风楼、鹳雀楼。

⑧昆仑：指神话传说中的昆仑山。

过圣天湖（古风）

去运城圣天湖进行生态执法，见白天鹅群有感。

湿地白雪精灵啭，南徙万里步不前。
雁去衡阳汉唐谚，^①气候变暖略一斑。

【注释】
①"雁去"句：唐代大雁及天鹅南迁到长江流域越冬，有雁去衡阳之谚。

赠李和平（古风）

己亥暮春，和平①同张淑华副院长及方华女士访太原理工大学，文珑、新城、耀成及余等在和平南路山西会馆宴请三位，及方华女士展示铰面（剪刀面）手艺。店方为余等拍照并制作纪念杯，每人一个。

别离龙城三十秋，又见汾水映白头。
满斟琼浆交玉筹，欣聚新朋共旧友。
酒酣身轻来仙意，学子当年争上游。
铰面银鱼思片片，共影玉杯情悠悠。

【注释】
①和平：李和平，上大学期间和余同宿舍，后在广西工学院任教。

过临猗双塔公园^①

2020 年 10 月，经过两年的拆迁和复建，双塔公园建成甫
开放。

新辟公园古韵浓，入云双塔峙西东。
尤瞻檐铁动金气，^② 更喜蛙声闹碧丛。
交影晨昏一瞬在，^③ 传音唐宋百秋同。
今朝开放乐民众，保护当时赖泮宫。^④

【注释】

①临猗双塔公园：临猗县城双塔东西对峙，创自隋唐，原
为寺院，寺已毁，仅存双塔。

②"尤瞻"句：檐铁，双塔每层都挂有檐铃。金气，秋气。

③"交影"句：在农历正月、九月的黄昏，三月、七月
的早晨，各有两日的短暂时刻，太阳和月亮照两塔之影交融
在一起。

④"保护"句：新中国成立后，双塔被围在双塔小学院内，
免遭破坏。

周庄古镇①游

井字街衢泛碧流，枕河人户笑谈稠。②

双桥近识连沧海，③一髈④远闻宴九州。

茶炖迎宾阿母盏，⑤橹摇送客窈娘舟。⑥

擎觞烟雨沈厅⑦醉，出梦诗情涌码头。

【注释】

①周庄古镇：位于苏州城东南，是首批国家 5A 级旅游景区。

②"枕河"句：古镇四面环水，因河成镇，依水成街，以街为市，民皆枕河而居。

③"双桥"句：镇上有 14 座古石桥，其中双桥俗称钥匙桥，是位于街口的十字交叉桥。

④一髈：万三蹄，红烧猪蹄，是江南巨富沈万三家宴上的上等菜肴。

⑤"茶炖"句：即炖茶，用瓦罐煮茶。

⑥"橹摇"句：游古镇必乘当地船娘所摇小舟，穿行于河道中，过古桥，赏两岸市井风光。

⑦沈厅：由沈万三后裔所建的院落，近 3000 平方米，房屋百余间。

初秋骑行

秋水长天一柱^①间，小桥乍筑跨清澜。^②

新鸭携侣老荻散，林染红花是翌年。^③

【注释】

①一柱：指汾河上的摄乐桥，是一座独塔扭索面斜拉桥，创汾河大桥新高度。

②"小桥"句：太原北部汾河上又建红色小景观桥。

③"林染"句：秋林染红犹如来年的春花。

镜泊湖^①览胜

峰回流转几盘旋，雷滚车循见瀑帘。^②
棹动云白湖面碎，^③ 坑深林古隧中潜。^④
珍珠门^⑤对玲珑秀，领袖山^⑥巍天地间。
静谧海蓝心欲往，遒然胜景叹空前。^⑦

【注释】

①镜泊湖：中国最大、世界第二大高山堰塞湖，位于黑龙江省牡丹江市宁安西南部的牡丹江干流上。

②"雷滚"句：瀑布发出滚雷之声，随着车子的驶近更加震耳。

③"棹动"句：白云映在清澈的湖面，被船桨搅碎了。

④"坑深"句：火山口有原始地下森林。

⑤珍珠门：珍珠门景点。

⑥领袖山：由两座山交叠而成，身材比例和外形轮廓酷似领袖毛泽东。

⑦"遒然"句：非常罕见的邓小平题词"镜泊胜景"刻于巨石之上。

过吊水楼瀑布①

咆哮蛟龙滚雪坑，② 悬空白练映青峰。③
挟风捣碓琼珠溅，④ 漫雾冲穹彩虹生。⑤
众客摩肩百腔吼， 巨磬环绕万音清。⑥
置身奇景细寻探， 堰塞火山丹水封。⑦

【注释】

①吊水楼瀑布：又称镜泊湖瀑布，是世界上最大的玄武岩瀑布。

②"咆哮"句：形成瀑布前，湖水翻滚。

③"悬空"句：瀑布下落过程中，犹如数百米宽的白练。

④"挟风"句：瀑布落入数十米深的黑龙潭，如巨杵捣石，水珠喷溅。

⑤"漫雾"句：水雾蒸腾出缤纷的彩虹。

⑥"众客"二句：瀑布下方是深潭，环潭的玄武岩石壁是一个天然的巨大回音壁，游人高喊，出现多级回音。

⑦"堰塞"句：火山喷发的岩浆堵塞了牡丹江，形成了堰塞湖。

应邀游雁栖湖①

秋半京畿赊客情，水中云裳舫前明。②
汉唐遥指赞峰会，③ 忽见红鸭近耳鸣。

【注释】

①雁栖湖：位于北京燕山脚下，怀柔城北。2014 年和
2017 年分别在这里举办 APEC 峰会和"一带一路"峰会后，声
名鹊起。

②"水中"句：湖清如镜，蓝天白云倒映水中。

③"汉唐"句：雁栖湖国际会议中心主建筑遵循"汉唐
升华，天地飞扬"的设计理念，极具视觉冲击力。

早春骑行

巨杨落白絮，细柳染鹅黄。
车转春风里，鹭窥塘下藏。

山城①春来晚

春风忘凤城②，三月杳花形。③
雷鼓溪鱼动，雪压松挺青。
增年知物母④，相忆念家声⑤。
曾为并州客，小城留故名。⑥

【注释】

①山城：中阳县地处吕梁山区，是高寒地区。

②凤城：中阳县因城北有凤凰山而名凤凰古城。

③"三月"句：县城寒冷，花儿开放较晚。

④物母：万物的本源。

⑤家声：家族世传的声名美誉。

⑥"曾为"二句：余曾为太原理工大学教师，赴中阳县政府担任副县长。

故乡过大年（古风四首）

丁酉春节于临猗县城水塔旁院内作此诗，时值全城鞭炮声声。

其一

鞭炮声声响，烟花簇簇放。
实施禁炮令，更待时日长。

其二

对联寓吉祥，柏枝驱邪瘴。
金鸡飞上窗，福字满院墙。

其三

除夕年夜饭，阖家俱团圆。
举杯话家常，耳热酒未酣。

其四

初一大拜年，翁童祠堂见。
分支再磕头，备好压岁钱。

重游周庄古镇

古镇沧桑待客来，百年蹄髈味兴衰。[①]

通衢石巷铺多老，一片烟波接九垓。[②]

【注释】

①"百年"句：万山蹄髈乃当地美味。

②"一片"句：古镇人家沿水而居，小镇水网交错，且皆与河海相通。

过都江堰①

岷江千里鹜桀多，先秦宝瓶分素波。②
有堰排沙沙祸灭，无堤引水水神③夺。
长河不见都江堰，盆地空闻天府国。④
父子⑤尊前客穿越，五洲朋友共观摩。⑥

【注释】

①都江堰：位于成都平原西部的岷江上。渠首有鱼嘴、飞沙堰、宝瓶口。是当今世界年代久远、唯一留存、以无坝引水为特征的宏大水利工程，也是世界文化遗产和世界自然遗产。

②"先秦"句：都江堰水利工程始建于秦昭王末年（约公元前256—前251）。

③水神：见《博物志》，司水之神。

④"盆地"句：都江堰引来岷江水，灌溉成都西部平原。

⑤父子：李冰父子雕像。

⑥"五洲"句：世界各地游人络绎不绝。

溽暑饮啤园中

牡丹万朵染阁红，压水千荷日色浓。
更续噪蝉亭午热，扎啤尽兴榭台中。

题和平微信发漓江照片

烟雨漓江春色新，乳峰①沐露翠竹深。
龙城九马天涯远，②咫尺一帧思故人。

【注释】
①乳峰：指桂林的喀斯特地貌，其山峰小、多、圆、尖，状似乳。
②"龙城"句：太原古称龙城。漓江有"九马画山"的奇景。

访三亚长寿之乡

为参加中华诗词学会举办的中国2022"福寿"主题诗词创作大赛，余创作了《访三亚长寿之乡》《冬日祈福三亚》《祈福三亚海上观音》三篇作品。

远寻福寿海之南，十个仙翁①千岁添。

试问观音成大愿？②蓝波绿树裹鳌山③。

【注释】

①仙翁：百岁以上的老寿星。

②"试问"句：据佛教经典记载，观音菩萨的十二大愿中，第二愿即是长居南海。

③鳌山：南山古称鳌山，形似巨鳖。"海天丛林"南山寺乃佛国净土。

游黄果树瀑布群景区^①

一帘跌落半川催，一瀑呼汹白浪推。
烟雾万重银练舞，飞出十瀑断云堆。^②

【注释】

①黄果树瀑布群景区：以贵州黄果树大瀑布为中心，由姿态各异的 18 个地面瀑布和地下瀑布组成一个庞大的瀑布家族。

②"飞出"句：断云，片云。大瀑布上空的水汽犹如云团簇拥。

太原回临猗高铁上（古风）

银龙越河穿山岗，软席舒畅异绿厢^①。
同携老妻牵爱女，鬓年已去半徐娘。

【注释】
①绿厢：普通列车。

遵义虾子羊汤（古风）

　　飞机晚点，21 时到遵义。该市每一个局对口接待一个省，市公安局接待山西省。科长非常热心，带我们到最正宗的一家羊汤馆吃饭。高桶状的大锅中煮着八九只羊，老板讲羊汤锅数年不洗涮，称为老汤，用来泡面条或米粉，无比美味。因在遵义市虾子镇，故名虾子羊汤。

　　　　下车扑鼻阵阵香，百人排队莫嫌长。
　　　　千斤海锅煨老汤，百味调料卤嫩羊。
　　　　银丝红油玉蝶飞，[1] 白玉翡翠玛瑙亮。[2]
　　　　虾子镇上百年店，黔晋六人挥箸忙。

【注释】
① "银丝"句：指米粉、辣椒油、香菜。
② "白玉"句：指瘦肉、肥肉、葱花。

孤峰山（古风）

四面同形立傲然，双龙百态欲飞天。

女娲补天遗石丸，^① 光武靖难赐孤山。^②

壑峦尽染草木香，松石风生云霞远。

近探海眼旧梦圆，遥望西南运石^③艰。

【注释】

①"女娲"句：传说女娲补天时有两小块岩石遗留在此，一块成了孤峰山，另外一块成了稷王山。

②"光武"句：传说汉光武帝刘秀在此山避难，登基后下旨改"方山"为"孤山"。

③运石：余上大学前曾用小平车从孤峰山运石头到黄河滩。

登大嶷山（古风）

客居龙城四十年，几曾梦里上嶷山。

青黛孤峰云两团，烟淡小嶷塔一杆①。

木楼无迹新台艳，② 碌井难觅水库淹。③

传闻古迹已荡然，黄水自流万亩田。

【注释】

①小嶷塔一杆：小嶷山上有临猗县电视台信号塔。

②"木楼"句：木楼遗址处新建观景台。

③"碌井"句：大嶷山顶原碌碡井址已修建引黄水库。

晋阳湖观水上灯演（古风）

眩奇粒霰裂长空，天女散花势不穷。
百条长龙腾红波，千只蝴蝶舞苍穹。
霓虹阅尽人间爱，水幕排空倾龙城。
城运之花开龙城，太平盛世歌太平。

雨后晓骑行汾河畔

木槿盈盈放紫钩，垂垂松翠缀珠柔。
晋腔鸟啭听一路，橡坝飞帘凫自游。

苍儿会团建^①

幽谷溪淙富氧稠，苍儿拓展夙心酬。

一川软草铺茵绣，两壁青松挂画轴。

暂假对头高下竞，常为同事稻粱谋。

声声呐喊众成志，个个搏击争上游。

【注释】

①苍儿会团建：苍儿会生态旅游区位于山西省吕梁市文水县。公司到此处团建。

重游蒲坂古渡

青石块块码沧桑，复踏荻滩思绪茫。
飞链潜形引丝路，大牛无语纪初唐。
通衢两岸五洲客，铁证千年四海扬。
黄水滔滔何所逝，古城淹半彩虹长。①

【注释】

①"古城"句：蒲坂古城同蒲坂古渡口都淹埋于地下十多米，如今黄河大桥如彩虹般横跨两岸。

游黄河滩万亩荷花

傍水生云碧未销，轻舟游子泛波涛。
洞天多见客声响，福地常居鸟啭高。
千载滩涂编绮梦，一方菡萏入英韶。
船头喜看翠屏曳，犹唱黄河万古谣。

汾河男女二桥

两桥东跨西，雄峙远相依。

一柱矗天立，双弧越水奇。

斜绳结构紧，宽道转轮驰。

与共阴阳处，世间恒主题。

题鸟尊

凤首赳赳瞰碧漪，^① 三足鸟尾象鼻奇。

当年晋侯国之器，镇馆今朝挥笔时。

【注释】

①"凤首"句：山西博物院的镇馆之宝"鸟尊"为西周早期晋国宗庙祭祀用的重要青铜礼器，其放大的复制品立于汾河畔。

汾河巨龙

昂头摆尾势无前，凤爪玉虬霓色阑。

两界猴王闻啸震，四洋敖广弄潮潜。

金鳞映日撼三晋，酷眼观星思九天。^①

华夏拜崇千古在，龙城腾起谱新篇。

【注释】

① "金鳞"二句：此联意为白天阳光照射，金色的龙鳞辉煌无比，夜晚龙眼发出的光芒照射天空，龙似乎要腾空而飞。

过临猗傅作义故居

故宫何幸燹兵免，^① 陋舍^②今临思向涯。
西北封狼百灵庙^③，中原治水三门峡。^④
弃戈一旅系微骨，举义千秋炳日华。
猗顿甸服多慧俊，将军玉像沐朝霞。

【注释】

①"故宫"句：北平和平解放，使这座历史文化名城免遭战争破坏。

②陋舍：山西省临猗县傅作义故居位于黄河之滨。

③百灵庙：1936 年 11 月，傅作义收复被日寇侵占的百灵庙。

④"中原"句：傅作义任水利部长时，修建了黄河上第一座水库，当时他吃住在三门峡水库的工地上。

游黄河石门景区

劲船逆水载波沉，滚浪侧舷削壁根。①

亘古一门开浚患，② 当今百县数河津③。

石门无怨横双轨，④ 禹迹有奇留岔痕。⑤

偿愿遥瞻崖欲断，顺流万顷涌轻轮。

【注释】

① "滚浪"句：船犁开的激浪碰到峡谷的石壁。

② "亘古"句：大禹凿开龙门。

③ 河津：全国百强县。

④ "石门"句：侯西铁路的黄河大桥并无桥墩，直接横亘在石门两侧的石壁上。

⑤ "禹迹"句：传说中大禹凿龙门时的错开河遗迹。

怀古行吟

过袁林①有感

肇造民国痴冕帝，筹安请愿跳梁急。②
万人唾斥侪徒弃，③滇帅檄诛共举旗。④
垂死呜呼杨庹误，扶棺啧悔怂掮迟。⑤
帝时碎梦诸侯乱，逐鹿北征方统一。⑥

【注释】

①袁林：袁世凯墓，位于河南省安阳市，采用中西合璧的构筑手法。因袁世凯生前称帝未成，且已取消洪宪年号，故称袁世凯墓为袁林。

②"筹安"句：杨度领衔的筹安会为帝制摇旗呐喊。

③"万人"句：袁称帝失败后众叛亲离。

④"滇帅"句：云南都督蔡锷举兵讨袁。

⑤"扶棺"句：袁克定怂恿其父称帝，父亡后扶枢回乡。

⑥"逐鹿"句：袁世凯死后，国家陷于军阀混战，北伐后各省军阀方"统一"于民国政府旗帜之下。

醉翁亭前怀古

清冽环台苍柳翠，竹林鸟啭径幽深。

韵书①一记情云水，椽笔三支惊鬼神。②

谪贬堪忧挈素志，达观常乐抱初心。

千年翁去醉乡在，③ 几里山行亭影新。④

再问摩碑思蕴意，⑤ 人生淡漠古如今。

【注释】

①韵书：指欧阳修所作《醉翁亭记》。

②"椽笔"句：欧阳修在文、词、诗、经、史、农、谱学
等方面均有建树。

③"千年"句：世人在滁州琅琊山景区借醉翁亭之名修建
多处亭阁，而今游人如潮。

④"几里"句：《醉翁亭记》中有"山行六七里"句，今
亭已修葺一新。

⑤"再问"句：苏轼书《醉翁亭记》碑刻，现存于景区。

过圆明园

残垣突兀任晨昏，烬木承霖生百轮。^①

石马泪干惊烈焰，玉桥痕在过蹄尘。

东侵夷寇金銮卧，^② 西遁皇妃敝辇奔。^③

拨冗寻真兵祸事，官拳燹馆是根因。^④

【注释】

① "烬木"句：圆明园被焚后长出新林木。

② "东侵"句：八国联军设司令部于紫禁城。

③ "西遁"句：慈禧太后携光绪帝从圆明园狼狈出逃后，兵丁、土匪趁火打劫，圆明园再遭劫掠，被拆抢一空。

④ "官拳"句：慈禧太后因洋人支持光绪帝，要报复洋人，怂恿义和团灭洋，又出兵协助义和团围攻使馆区，同时对十一国宣战。

参观阳明堡飞机场遗址①

滹畔金凤夙愿酬，巨碑遥望立田畴。

日机掠空山河碎，残壳化尘榴弹投。

倭寇嚣嚣一两焰，将军浩浩照千秋。

硝烟化作云千片，伫立诗成涌笔头。

【注释】

①阳明堡飞机场遗址：阳明堡机场在山西代县阳明堡镇西
南、滹沱河北畔1千米处。1937年10月1日被日军侵占，是
忻口战役日寇后方军事基地。10月19日，陈锡联率团夜袭，
将日寇24架飞机全部炸毁，创造了世界上仅有的用手榴弹炸
毁机场的战例。

过黄埔军校

翔翼西风夙愿酬，[①] 碑碣石像立长洲。[②]

半国良将军魂铸，一代英才政党谋。

雪岭雨林擒日寇，东征北讨敛金瓯[③]。

百年遗训[④]夕晖映，两岛[⑤]同歌汉月秋。

【注释】

①"翔翼"句：秋天乘机去广州。

②"碑碣"句：黄埔军校位于广州黄埔长洲岛。

③金瓯：金的盆、盂，代指国土。此处指国共第一次合作，北伐战争沉重打击了帝国主义和北洋军阀在中国的统治，基本消灭了北洋军阀，使各省军阀"统一"于民国政府旗帜之下。

④遗训：中山纪念碑正面刻有"亲爱精诚"的军校校训。

⑤两岛：指长洲岛和台湾岛。

过陈胜墓①

丧钟秦灭首锤开，刘项霸枭接踵来。
岂以英雄成败论，世家方见史公怀。②

【注释】

①陈胜墓：位于河南省永城市东北的芒砀山，为省级重点文物保护单位。

②"世家"句：指司马迁所著《史记·陈涉世家》。世家主要记载列国王侯之事。陈胜死后被刘邦封为隐王，按王侯祭祀。

过曹植墓^①

七步诗成八斗才，^② 瀚华辞赋宋唐侪。
酒迷僭越天人妒，^③ 代有碑镌星陨台。

【注释】

①曹植墓：位于山东省东阿县鱼山西麓，为全国重点文物保护单位。

②"七步"句：南朝谢灵运说"天下才共一石，曹子建独占八斗，我得一斗，天下共分一斗"。

③"酒迷"句：曹植醉酒误事，违反礼制。

过骊山兵谏亭

方亭小小镌兵事，三易其名俱与时。[①]

设问几多枪战后，宦浮国祚有人知？[②]

【注释】

①"三易"句：陕西骊山上的兵谏亭，为西安事变时抓获蒋介石处。曾多次改名，1986年改为"兵谏亭"。

②"宦浮"句：枪战时蒋介石的50多名卫兵全部身亡，而蒋介石、张学良、杨虎城的个人命运及国家是否陷入分裂都不得知。

过李鸿章故居

中兴一柱不堪闲,^① 国祚衰微侍裱粘。^②
孤臂岂擎高厦倚，功垂难洗地割冤。^③

【注释】

①"中兴"句：李鸿章乃晚清中兴四大名臣之首，封一等侯，领导了洋务运动。

②"国祚"句：李鸿章自述晚清是纸糊的大厦，他是个裱糊匠，无力回天。

③"功垂"句：因签订《马关条约》割让台湾岛等给日本而落下千古骂名。

登庐山

兀出平野入苍天，枕亘长江眠万年。

群瀑舞帘情旖旎，奇峰搅雾意阑珊。

诗章四壁留牍瀚，^① 天水三千捣乱滩。^②

五老凌云瞰鄱水，^③ 当空红日射风烟。^④

【注释】

①"诗章"句：庐山是一座文化名山，苏轼、李白等有记载的千余人曾在此留诗，留下的有关庐山的诗词有万余首，并有摩崖石刻和碑刻数十万。

②"天水"句：庐山瀑布的水流将底部山石击为深潭。

③"五老"句：五老峰毗连鄱阳湖，峰尖触天，甚为奇险。

④"当空"句：阳光穿过云隙，照射到山峦处熠熠生辉。

瞻武乡县砖壁村八路军总部

砖壁巍然撼客心，当年古庙①电波频。

百团运幄健儿骋，千里决机倭旆焚。

擎帜太行担使命，②降幡巴蜀散嚣尘。③

彭公榆木④浩长日，圣地精神永传薪。

【注释】

①古庙：当年百团大战的指挥部。

②"擎帜"句：八路军坚持抗日民族统一战线，领导华北人民抗战。

③"降幡"句：震惊中外的百团大战打破了日军的囚笼政策，遏止了当时妥协投降的暗流，提高了全国人民抗战胜利的信心。

④彭公榆木：纪念馆内有一棵彭德怀手植榆树，高耸入云。

车行武乡山中

车行山道雨霏霏，黍稷萦珠林翠微。
万壑千丘迷径乱，曾教倭寇胆魂飞。

砖壁

八路健儿驰太行，嚣顽倭寇胆神亡。
砖魂在说运筹事，化碧苌弘入两漳。①

【注释】
①"化碧"句：见朱德悼左权将军诗句"留得清漳吐血花"。
两漳，清漳河与浊漳河。

友人带来阳高县大黄杏

黄精卵大玉盘堆，^① 软糯香甘酸亦微。

弱冠踟蹰危树下，红袍击落块石飞。^②

【注释】

①"黄精"句：山西省阳高县为产杏大县，杏树种植面积 10 万余亩，其杏果大肉肥。

②"红袍"句：少年时常抛石块击向家乡的高大古杏树，以打落大红袍杏。

感《甲午海战》（古风）

黄海炮隆黑云稠，清廷将士血泪流。
可叹费纡弹不够，更遣挪资做华寿。[①]
未曾敢忘百年羞，犹图强疆定大筹。
巨舰成双[②]强关铸，万里波涛我自由。

【注释】

①"可叹"二句：北洋水师曾为亚洲第一，但因经费短缺、弹药停购，致使其在甲午海战中失利。海军经费被挪用于庆祝慈禧六十大寿。

②巨舰成双：指辽宁舰和山东舰。

登山海关

龙头出海傲山巅，摇滚西腾嘉峪关。

南瞰沧溟千顷浪，北依翠黛万重岩。

诗题女将源钦命，[①] 怒发红颜系口传?[②]

旗展檐铃犹作语，天天新客问当年。

【注释】

① "诗题"句：崇祯帝有赞秦良玉诗四首。

② "怒发"句：吴三桂为陈圆圆反明降清。

登碣石山

峻峭百峰一柱拥，碣石观海翠崖雄。

秦皇岩勒①东疆定，先烈②像雕五峰宏。

待考蓬莱接此岳，③ 唯余胜地有遗踪④。

登临幸甚眺沧水，意起欲吟词却穷。

【注释】

①岩勒：秦始皇亲临碣石山，勒石记功。

②先烈：李大钊曾7次避难在韩愈祠。今在五峰山上有李大钊雕像。

③"待考"句：碣石山留有八仙遗迹。

④遗踪：曾有9位帝王登临此山。

浪淘沙·遵义会址（词林正韵）

危艋困湍滩，知向谁边？洋麾迷妄血漫漫。① 易舵正舷犁浪难，主席操盘。

庭院似当年，领袖书阑②，长几铭记荐轩辕。座席犹声狂瀑卷，山塘春寒。

【注释】

①"洋麾"句：以共产国际代表李德为主指挥的湘江战役之后，红军由8.6万人锐减为3万人。

②领袖书阑："遵义会议会址"是全国唯一毛泽东亲笔题字的革命纪念馆。

瞻柳亚子故居

吴越分湖风景旖，仰瞻亚子在黎里^①。

吟坛一帜横空出，南社千章标杆立。^②

和韵赴渝赞大魄^③，拂襟南渡^④明真义。

君魂若使胜汾桥，试看高歌万卷帙。^⑤

【注释】

①黎里：柳亚子故居位于江苏省苏州市汾湖高新区黎里镇。

②"南社"句：柳亚子参与创办南社机关刊物《南社丛刻》。

③大魄：重庆谈判时柳亚子有诗赞毛泽东"弥天大勇"。

④拂襟南渡：1926年，柳亚子等人反对《整理党务案》，与蒋介石决裂后流亡日本。

⑤"试看"句：江苏省汾湖高新技术产业开发区管委会承办第4届"柳亚子杯"全国诗歌大赛。

过三星堆遗址（古风）

天府平原粮秣丰，野鸭河畔半边城。①
巴人万万建墉堎，祀物累累奉祭坑。②
金杖权威宗庙敬，神柯枝茂宇寰惊。③
蚕鱼古蜀同源溯，④ 华夏文明两脉清。⑤

【注释】

①"野鸭"句：三星堆遗址位于四川省广汉市西北鸭子河南岸，是西南地区最大的古蜀文化遗址，一边临河，另外三边有完整的城墙。

②"巴人"二句：专家推断当时城内人口甚多，祭坑内文物堪称世界之最。

③"金杖"二句：指金杖和 3.95 米高的青铜神树。

④"蚕鱼"句：蚕丛和鱼凫是古蜀国不同时期的君主。见李白"蚕丛及鱼凫，开国何茫然"。

⑤"华夏"句：印证了中华文明源自长江和黄河，确定了"双源说"。

过羊头山①

羊头巍峻凌霄汉，一粒谷芒传万年。
千古苍碑唯有证，神农故里世泽瞻。

【注释】

①羊头山：位于山西晋城高平市北的神农镇，有神农城、炎帝庙、炎帝陵，有明代的炎帝陵碑。相传炎帝在这里采摘了一粒谷物种子，使先祖从渔猎转向农耕。

过五谷殿

庄村^①雄踞神农殿，古柏根盘^②两丈圆。

妃帝御台雕像去，^③ 四八庙祭享千年。^④

【注释】

①庄村：庄里村原名"装殓村"，相传炎帝死后在这里装殓，后以谐音改为"庄里"。

②根盘：庙前有古柏树根盘，周长达 6.2 米，生长期达 3000 年。

③"妃帝"句：庙前有炎帝、后妃、太子塑像的台基遗址。

④"四八"句：宋代至今，每年农历四月初八举办五谷庙会。

117

瞻高平炎帝陵①

一岭双山伴两龙，千阶神道板岩雄。

黄旗猎猎展东日，朱殿巍巍矗昊穹。

护垒庙墙明勒在，② 寝陵地道古灯红。③

太行谷种下一粒，万世尊崇享祭隆。④

【注释】

①炎帝陵：位于山西晋城高平市的庄里村，景区内炎帝神农氏活动遗址遗迹随处可见。

②"护垒"句：明代炎帝陵碑在"文革"时被守陵人垒于墙内，免遭毁坏。

③"寝陵"句：碑后有通道，可达墓穴。相传墓穴内有盏万年灯，常年不熄。

④"太行"二句：炎帝采得世间第一粒谷种，始有华夏农耕，因而万代享受祭祀。

感玄中寺①宗风千年

层嶂叠峦摩壁耸，唐宗石勒赐垂名。②
八思元帝留明旨，③ 三祖法门净土宗。
重建废墟依总理，累修殿宇振教风。④
时逢盛世佛生众，净土扶桑认祖庭。⑤

【注释】

①玄中寺：位于山西省交城县，因当地层峦叠嶂，山形如壁，又名"石壁寺"。

②"唐宗"句：唐贞观年间重修后李世民赐"石壁永宁寺"。

③"八思"句：玄中寺有一块罕见的八思巴文圣旨碑。

④"重建"二句：1954 年对玄中寺进行重修时，周恩来总理提出修旧如旧的理念。

⑤"净土"句：日本人认玄中寺为净土宗祖庭，长年有人前来参拜。

桐叶封弟①

撕圭青叶本儿戏，枕水际山成邑地。
代代词人留颂碣，年年桐雨春风里。

【注释】

①桐叶封弟：周成王用桐叶剪成一个似圭的形状，对其胞弟叔虞说：我用玉圭封你。史官记之，遂封叔虞于唐。其子继位后改国号"唐"为"晋"。唐叔虞祠即晋祠。

秋日登三十里铺长城古堡①

古堡残垣松柏翠，斜阳尘叩羊蹄碎。

边关马策尽硝烟，寥廓长天秋色醉。

【注释】

①三十里铺长城古堡：山西大同云州区三十里铺村的一座古堡，应为明代边关戍所。2016 年秋，余检查饮用水水源地，此古堡与水源地毗邻。

过鸭绿江断桥①

两岸通桥留半残，立身江畔愕惊然。

弹痕有证烟硝漫，钢骨不弯风浪坚。

初建大邦狼虎犯，誓师唇齿义师严。②

风云七秩多奇幻，橄榄常青史作磐。③

【注释】

①断桥：位于辽宁省丹东市，为原鸭绿江大桥被美军炸毁后的残余部分。后在附近新建了大桥，特留此桥以纪念抗美援朝战争的胜利。

②"誓师"句：新中国刚成立，以志愿军名义抗美援朝。

③"风云"二句：抗美援朝战争胜利70周年，以橄榄枝象征和平。

瞻抗美援朝烈士纪念碑^①

丰碑如剑指苍穹，瞻仰激情再荡胸。

气壮山河扑炮眼，舍生忘死卧燃丛。^②

尽教半岛硝烟散，遍报家园暮火红。^③

凝铸精神初志在，续歌时代乐章雄。^④

【注释】

①抗美援朝烈士纪念碑：位于辽宁省沈阳市抗美援朝烈士陵园。

②"气壮"二句：纪念碑后松林里长眠着黄继光、邱少云等123位烈士。

③"尽教"二句：中朝唇齿相依，抗美援朝战争胜利了，祖国方能和平，炊烟袅袅。

④"凝铸"二句：不忘初心，发扬抗美援朝精神，谱写新篇章。

康熙点将台①

独岩危峙松千顷，猎猎长风鼓角声。
帝像俨然挥巨手，犹发百万绿营兵。

【注释】

①康熙点将台：位于河北承德市围场满族蒙古族自治县塞罕坝景区，为一孤立巨岩，形如卧虎，顶部雕塑有康熙石像。周围地势开阔，皆为人工松林。相传康熙曾在此检阅将士。

于成龙故居①

旧院黄花盛，青松啸肃风。

残碑镌耿介，铮语绕堂楹。

【注释】

　　①于成龙故居：位于山西吕梁方山县北武当镇，被列为全国重点文物保护单位。于成龙，清初名臣，政绩卓著，清廉刻苦，被康熙赞誉为"清官第一"。

成都惠帝陵①有感

君臣合祀世间奇，唯有旌贤非省地。
手指帝陵言武祠，石雕无语顺民意。

【注释】

①成都惠帝陵：中国唯一君臣合祀祠庙，内有刘备陵和武
侯祠，习惯称为"武侯祠"。

刘备殿有感

两耳垂肩仪帝容，^① 文臣武将列西东。

刘谌^②烈义千秋在，蜀民何容弃蜀公。^③

【注释】

①"两耳"句：刘备双手过膝、两耳垂肩，有帝王之仪。

②刘谌：刘备之孙刘谌不降魏，自刎。

③"蜀民"句：据说武侯祠中曾有刘禅塑像，因其降魏，屡遭毁污，今无。

热河行宫怀古

避暑山庄举世闻，[①] 湖峦原殿霭烟沉。[②]
奢修八庙[③]大邦稳，辱立几约国势沦。[④]
清祚渐失生政变[⑤]，匪倭[⑥]刮瓦恶留痕。
磬锤[⑦]亘古树椽笔，镌刻人间风乱云。

【注释】

①"避暑"句：承德避暑山庄是中国四大名园之一。

②"湖峦"句：避暑山庄中有湖泊区、山峦区、平原区、宫殿区。

③八庙：外八庙是清政府为笼络蒙古、新疆、西藏等地少数民族而建。

④"辱立"句：英法联军进攻北京时咸丰帝在避暑山庄避难，批准了多个不平等条约。

⑤政变：辛酉政变发端于此。

⑥匪倭：日寇侵占后，用刺刀刮取屋瓦镀金，至今刮痕累累。

⑦磬锤：磬锤峰，承德名山之一，山有巨峰，上丰下锐，状如打衣服的棒槌。

读《史记》有感（六首）

其一　李斯祸秦之冤

节变沙丘祸秦患，谏书严法肇邪端。
宰丞略逊中丞计，一代功臣千古冤。

其二　赵高亡秦之愿

赵仕宦秦遗嘱篡，鹿称作马朝廷乱。
望夷宫内弑尊皇，血溅子婴酬夙愿。

其三　扶苏愚忠之谜

钦承皇位奸邪篡，饮鸩北疆诬逆反。
祸害蒙恬三代贤，愚忠钓誉世人叹。

其四　胡亥亡国之根

辒车石鲍僭皇权，尽戮手足常信谗。

枉弑李斯肱股断，砍头方辨赵高奸。

其五　秦灭六国之策

攻近交远合纵散，黄金贿赠六国乱。

三军狼虎跃函关，皇帝大旌飘九辇。

其六　灭秦义士之赞

口吃公子义云天，壮士别兮易水寒。

博浪飞椎辒舆碎，鹿呼作马帝庭湮。

白痴皇帝①

蛙鼓辨官私?②饥民食肉糜。③
贾妃朝政乱,④皇帝亦白痴。

【注释】

①白痴皇帝：晋惠帝司马衷智商低下，不能任事。王夫之评论说"惠帝之愚，古今无匹，国因以亡"。

②"蛙鼓"句：帝问随从"叫的青蛙是官家的还是私家的"，随从答"在官家池里叫的就是官家的；在私家池里叫的就是私家的"。

③"饥民"句：有一年闹灾荒，许多百姓饿死，有人报告司马衷，他却反问为何不让灾民吃肉粥呢。

④"贾妃"句：皇后贾南风乱政，最终引发"八王之乱"。

贾南风①（古风）

肢短眉疵脸盘暗，② 陷忠矫诏谋宫变。③
八王肇始三百年，④ 帅仔入廷身不见。⑤

【注释】

①贾南风：晋惠帝司马衷皇后。

②"肢短"句：《晋书》载贾南风"种妒而少子，丑而短黑""短形青黑色，眉后有疵"。

③"陷忠"句：晋惠帝懦弱，贾南风专权，谋杀杨氏外戚集团，专擅朝政，谋害储君。

④"八王"句：贾南风是西晋时期"八王之乱"的罪魁祸首，带来了之后的 300 年乱世。

⑤"帅仔"句：据《资治通鉴》记载，贾南风荒淫放荡，除了与太医令程据私通以外，经常派人在路上寻找美少男，并加以虐杀。

杯酒释兵权①之问

释兵杯酒册千年，清帝亦知权事玄。②
宋祖韬谋几多问，江湖庙堂两相安。

【注释】

①杯酒释兵权：宋太祖赵匡胤为加强中央集权，在酒宴上要求高级将领交出兵权后富贵归乡，被视为宽和的典范，是历史上有名的安内方略。

②"清帝"句：乾隆帝评价"史家无卓识，徒于杯酒诡辞处炫奇，此为秘计神谋，而不于宋主英断勇为处着眼，而后世遂以是为妙策独出"。

北宋赵普（古风）

《论语》半部满腹华，^① 欲觞杯酒先归甲。^②
唯才四荐碎折粘，^③ 雪夜划策定天下。^④

【注释】

①"《论语》"句：赵普读书不多，但看事精准，为宋代昭勋阁二十四功臣之首，常对宋太宗讲其用半部《论语》为太祖打天下，今用半部《论语》为太宗治天下。

②"欲觞"句：赵普是杯酒释兵权的策划者。

③"唯才"句：赵普屡次力荐一名官员，太祖不允。第三次甚至撕碎奏折摔在地上，赵捡之，粘好又呈，上允之。

④"雪夜"句：太祖、太宗雪夜到赵普家，议定先南后北统一全国的战略。

南唐李煜亡国之恨

干戈未解侈游宴，[①] 辞庙离歌涕泗涟。[②]
囚远孤愁千万缕，一曲虞美化云烟。[③]

【注释】

①"干戈"句：在宋军屯兵金陵城南 5 千米时，南唐后主李煜仍沉溺于声色，尚不知情。

②"辞庙"句：李煜作《破阵子》"最是仓皇辞庙日，教坊犹奏别离歌"，记录了当时拜别祖庙、降宋离城之际的情景和感受。

③"一曲"句：李煜寄居北宋后，常作离情之词，终因一首《虞美人》惹怒宋太宗被杀。

黄袍加身后仁政堪赞

天子一朝两代臣，江山易主未兵焚。^①
前皇祠庙今国祭，文治帝邦托仁君。^②

【注释】

①"江山"句：赵匡胤称帝后前朝臣子一个不废，兵不血刃，安定全国。

②"前皇"二句：宋朝依然选柴氏后人祭祀后周宗庙。重文轻武为宋朝立国之策。

宋祖驾崩之谜

雪夜交觥齿序依，阴阳分占破宵迟。[①]
人疑弟继兄崩后，金匮之盟莫费词。[②]

【注释】

①"阴阳"句：赵匡胤和弟赵光义雪夜对酌后死亡。赵光义在家中等宦官报信。

②"金匮"句：史上赵普证实了金匮之盟之事，其意是太祖死后由赵光义合法继承皇位。世人多疑之。

奇葩南汉国①

宦孽帅兵宫妇相，狐精胡子乱朝纲。②

波斯商贾赐刘姓，③ 龟宿南隅僭汉王。

【注释】

①南汉国：五代十国之一，位于今广东、广西、海南三省区。

②"宦孽"二句：南汉国任用宦官、宫女为政，宦官一度多达两万人。宰相为女巫樊胡子。

③"波斯"句：近百年来，国内外学界围绕南汉王室的族属和来源形成了三种主要观点，其中之一是阿拉伯或波斯人后裔说。此处从此说。

可怜宋太宗

废物成床赐百官，^① 阿婆失彘撞朝钟。^②
闲臣碌帝遗青史，屑屑堪怜要亲躬。^③

【注释】

①"废物"句：宋太宗极节俭，令工匠用废木材制成长床赏赐百官。

②"阿婆"句：老妇人寻找丢失的猪也敲朝堂外的登闻鼓，太宗亲自询问。

③"屑屑"句：皇帝事必躬亲。

登秋风楼（古风）

巍巍一楼分秦晋，滔滔九曲流半程^①。

绵绵后土衍万代，浩浩秋风颂千功。

俯首难寻汾阴脽^②，远眺犹识司马陵。^③

大河棹歌今安在？^④ 待我汾河千里清。^⑤

【注释】

①半程：山西万荣县秋风楼地处黄河中游。

②汾阴脽：汉代汾阴县的一个土丘，汉武帝祭祀地神的地方。

③"远眺"句：黄河西岸梁山东麓有司马迁祠墓。

④"大河"句：汉武帝刘彻登秋风楼时所作《秋风辞》中有"箫鼓鸣兮发棹歌"。

⑤"待我"句：山西省委、省政府实施《汾河流域生态修复规划（2015—2030）》。

游扬州东关古渡遗址（古风）

京杭一脉南北流，经织东西五十州。
千年古渡观今古，老街游人识扬州。

过蒲州古城①（古风）

蒲坂古城埋于泥沙中，四门露半，楹联可见。

几度中都②拱长安，半城吏宦蒲声传。③
黄沙没檐桑田变，楹联无语诉当年。

【注释】

①蒲州古城：又名蒲坂，在今山西省永济市黄河之滨。

②中都：蒲州唐时为中都。

③"半城"句：官吏致仕后由长安迁往蒲州定居。蒲州为蒲剧发源地。

夜游苏州山塘街①

千家小院枕青波，七里山塘百舸泊。②
太守敢为河泥浚，阊门方映虎丘涡。③
娇娘茶韵弥闾巷，银匠砧声奏半郭。
且看名贤云影散，空留祠馆客流多。④
最喜桥拱碎烟雨，⑤昆曲兰舟催友酌。⑥

【注释】

①苏州山塘街：依河而建，水陆并行，为中国历史文化名街。

②"七里"句：山塘街长约3.5千米，居民临水建房，船多桥多。

③"太守"二句：唐代白居易任苏州刺史，疏浚阊门到虎丘的河道，挖成山塘河。

④"且看"二句：山塘街的起点正是《红楼梦》中所称"最是红尘中一二等富贵风流之地"的阊门，这里会馆多，名人故居多，古迹有50余处。

⑤"最喜"句：山塘街上古桥多，有"横七竖八"的美誉，雨碎江南是其典型景致。

⑥"昆曲"句：游船上有昆曲演唱，与友人听曲小酌。

过范蠡阁

峭壁凌波兀碧檐，客酬商祖整衣冠。①

戈吞三越胆薪苦，舟泛五湖山水闲。②

为有资累殖货巨，敢教金散智身还。③

爪槐虬盖缨绂绾，达贵挂靴举世难。④

【注释】

①"客酬"句：无锡太湖鼋头渚景区内陶朱阁（范蠡阁），奉祀范蠡。范蠡被奉为商贾之祖，游人多虔诚焚香跪拜。整衣冠，表示态度庄重。

②"戈吞"二句：范蠡助越王勾践卧薪尝胆，劝农桑，灭吴国后，拜上将军。他以为大名之下，难以久居，乃乘舟泛五湖而去。

③"为有"二句：范蠡迁徙至齐国、宋国，经商治产，又成巨富，乃三致千金，一再分散给别人，一身布衣而终。殖货，增殖财货。

④"爪槐"二句：爪槐，阁前有非常茂盛而硕大的龙爪槐。虬盖，比喻枝叶茂盛的树冠。缨绂，冠带与绶印，亦借指官位，比喻世俗的束缚。达贵，达到显贵的地位。挂靴，辞官离位。举世，全世界，普天下。

远眺雁门关①

万岭连峰开巨堑，② 墉堞虎踞扼危关。

雁横③朔气千秋驾，白骨几多追旧年。④

【注释】

①雁门关：地处山西省代县，世称"中华第一关"。

②"万岭"句：雁门山东西山岩峭拔，中有缺口，遂置关隘。

③雁横：该关是大雁南下北归的主要通道之一。

④"白骨"句：自赵武灵王在此置雁门郡至金元时期，历代都是边城重地，战事激烈，雄关附近多墓葬群。

瞻八路军太行纪念馆

双枪八字耸青云，[①] 宏馆磅礴石塑新。
战史煌煌誉华夏，继武昆后见精神。

【注释】

①"双枪"句：八路军太行纪念馆前有座两支步枪造型的纪念塔，高耸入云。

过青冢①

徜徉并辔黑河畔，② 青冢春风红日炎。

原本玉容能落雁，岂知画像敢蒙天。③

丝牵银茧开羯化，④ 弦抚琵琶灭朔烟⑤。

曲怨声声空自叹，欢盟胡汉义云端。⑥

【注释】

①青冢：王昭君墓，位于呼和浩特市南。

②"徜徉"句：墓前雕有王昭君和呼韩邪单于并辔而行的双骑雕塑。

③"岂知"句：宫廷画师毛延寿丑化王昭君，上怒，杀之。

④"丝牵"句：昭君教化胡人养蚕、织丝等，推动了胡汉文化交流，出现了两族开关互市的和平景象。

⑤灭朔烟：和亲促使匈奴归汉，边疆安定。

⑥"欢盟"句：历代词客多叹昭君远离故土。余认为更应称赞王昭君实现了人生价值，为中原王朝大一统做出了贡献。

过运城舜帝陵①

仰眺长虹棠棣逢，② 鸣条岗上绕离城③。

禹时陵启柏神④老，盛世桥飞⑤渌水清。

德孝千秋播瑞雨，⑥ 文明肇始咏南风。⑦

氤氲紫气炳星汉，圆梦中华龙在腾。

【注释】

①舜帝陵：位于山西运城市盐湖区北10千米处的鸣条岗西端，2006年5月被国务院公布为全国重点文物保护单位，也是全国首批旅游文化示范地。据传陵冢建于禹时。

②"仰眺"句：长虹，景区大门上方特制一道七彩长虹。相传舜帝母亲外出见彩虹感应而生下舜帝，舜帝就是彩虹的化身。棠棣，喻兄弟。己亥春余陪二兄等同游舜帝陵。

③离城：《安邑县志》记载"舜始封虞，暮思旧邑，禹乃营鸣条牧宫以安之"。当地人俗称"离宫"。

④柏神：陵庙神道两旁有古柏夹道相迎，相传是禹为舜帝陵亲手所植。树下古柏碑记载，柏树已存在4000余年。刘秀曾躲上树权，以躲避王莽的追兵，故称"龙柏"。

⑤桥飞：景区内修建娥皇桥和女英桥。

⑥"德孝"句：舜孝感动天的故事被列为二十四孝之首。

⑦"文明"句：舜帝在位期间，社会进入政治清明、人民康乐的时代。《史记·五帝本纪》记载"天下明德皆自虞帝始"。南风，舜咏《南风歌》。

岳阳楼望君山①

无风无雨好凭栏，如髻君山到眼前。②
洞府湘娥寻杳渺，③朱亭嵌映翠峰间。

【注释】

①君山：洞庭湖中的小岛，与岳阳楼遥遥相对。

②"如髻"句：唐人雍陶有诗句"疑是水仙梳洗处，一螺青黛镜中心"。一螺青黛，意为女人的发髻。

③"洞府"句：君山四周环水，景色旖旎，相关的神话典故众多，又称"洞庭山"，即神仙洞府之意。湘娥，此处有舜帝二妃墓。有娥皇女英滴泪斑竹，死后成为湘水女神，屈原称之为"湘君"。

成都武侯祠怀古

初别茅舍①几人惊，修绍汉基伏虎缨。②
一对两书三鼎势，③八图七纵六出征。④
托孤⑤双泪留节义，扶斗⑥终身尽至诚。
刘蜀⑦区区何啻赞，世谈智慧举先生。⑧

【注释】

①茅舍：见"三顾茅庐"典故。

②"修绍"句：修绍，继承。汉基，汉昭烈帝刘备乃西汉中山靖王刘胜之后。

③"一对"句：一对，《隆中对》。两书，《出师表》《后出师表》。

④"八图"句：八图，八阵图。七纵，七擒孟获。六出征，六出祁山北伐曹魏。

⑤托孤：刘备白帝城托孤。

⑥扶斗：诸葛亮扶持阿斗，鞠躬尽瘁。

⑦刘蜀：蜀汉政权。

⑧"世谈"句：诸葛亮是中国传统文化中忠臣与智者的代表人物，是智慧的化身。

摔傻阿斗丢江山

人号马奔七出进，襁褓之中可有魂？

阿父坡前先掷地，^① 世评理蜀是痴心。^②

【注释】

①"阿父"句：《三国演义》中，赵云血战长坂坡救出阿斗刘禅，双手递给刘备。刘备掷之于地，曰"为汝这孺子，几损我一员大将！"世人认为刘备是在笼络人心。

②"世评"句：民间戏说，把刘禅摔成脑震荡，再让他继承帝位，必亡国也。

岳阳楼上再读记

少年读记见斯楼，^① 而立专飞到此游。

水碧天长文再顾，^② 庙高湖远意弥遒。^③

【注释】

①"少年"句：初中课本中有《岳阳楼记》。

②"水碧"句：岳阳楼里有清代书法家张昭书写的《岳阳楼记》，刻于紫檀木雕屏上。

③"庙高"句：对"居庙堂之高则忧其民，处江湖之远则忧其君"的感悟，远非少年时期可比。

过李师师墓

缕衣檀板^①意何长，一曲惊妍动汴梁。

辇毂已倾民不顾，西湖侈宴再飞觞。

【注释】

①檀板：乐器名，檀木制成的拍板。

过岳飞庙

直贯斗牛英气豪，一枪挥处豕胡①逃。
只因矢志还车驾，② 诬罪莫须冤未消。③

【注释】

①豕胡：狼奔豕突的金兵。

②"只因"句：岳飞《题翠岩寺》诗曰"行复三关迎二圣，金酋席卷尽擒归"。

③"诬罪"句：岳飞以莫须有的罪名被杀害，埋葬于杭州栖霞岭南麓。

蒲州古城

舜都淹没黄沙浅，^① 古渡唐牛高架悬。^②

千载沧田人世事，涛声依旧震条山。^③

【注释】

①"舜都"句：舜都蒲坂古城于 1942 年 7 月被黄河水包围。1946 年县城迁出。今被黄河泥沙淹埋。

②"古渡"句：唐代铁牛被发掘出地面后，为对其进行保护，将其抬高 12 米多。

③"涛声"句：古城东临中条山。

瞻黄帝陵①

势延昆岭向东南，② 神阙光披尧舜天。③
沮水连波五湖衍，④ 柏枝⑤开叶万年繁。
亲征涿鹿始华夏，⑥ 乐见阋墙逐口顽。⑦
国祭煌煌魂再铸，⑧ 炎黄后裔共思源。⑨

【注释】

①黄帝陵：位于陕西省黄陵县城北桥山。

②"势延"句：黄帝陵背向西北，面朝东南，同桥山、子午岭和号称龙脉的昆仑山走向完全吻合。

③"神阙"句：黄帝陵从汉代始至今，为历代所重视。

④"沮水"句：沮河由西向东呈 U 形绕桥山而过，黄帝陵位于桥山之巅。

⑤柏枝：陵前的黄帝手植柏，距今 5000 余年，另有古柏8 万余株。

⑥"亲征"句：黄帝联合炎帝打败蚩尤后，成为天下共主。华夏民族由荒蛮时代跨入文明时代。

⑦"乐见"句：为一致对外，共同抗日，1937 年国共两党各派代表共同祭奠黄帝陵。

⑧"国祭"句：每年清明节在黄帝陵举行公祭轩辕黄帝典礼。

⑨"炎黄"句：海内外华人也踊跃派代表出席公祭典礼，并在桥山"思源林"参加植树活动。

驳张仪苏秦同师鬼谷子（古风）

纵横久书师鬼谷，张仪作古苏秦出。

汉帛出土凿凿据，史公妙笔曾讹误。^①

【注释】

①"史公"句：太史公司马迁在《史记》中记载张仪、苏秦同师于鬼谷子，为同一时期的连横与合纵代表人物。而马王堆汉墓出土的《战国纵横家书》表明，苏秦活动的时间要比《史记》记载晚30年左右，此时张仪早已作古。

访张仪村（古风）

趁节西行访张仪，兄长皆说有记忆。

古槐大冢六七个，问叟答曰皆平夷。[①]

【注释】

①"古槐"二句：孩童时代，常去张仪村串亲戚，印象中该村东有大小土冢数个，古柏森森。电视剧《芈月传》上演后，余对位于村西5里的张仪村（张仪故里）常有拜谒之情，因公务繁忙，未能如愿。退休后春节回故里，专程造访。终因世事沧桑，扩大耕地，大小土冢皆铲平，已作果园。

舜帝陵奇柏（古风）

舜帝陵景区有 4000 余年的夫妻柏，相传当年王莽篡位，追杀刘秀，刘秀躲在树上，后来被刘秀坐过的树干变成龙椅形状。

夫妻合抱四千年，龙椅救帝有美谈。
庇佑子孙柏青青，德孝文化永薪传。

沧州古铁狮子（古风）

吼啸千年迎晨昏，^① 蹄奋九朝踏风尘。

佑福苍生镇海吼，祥云菩萨狻猊身。^②

岁月锈蚀犹神威，今日新铸略筹逊。^③

国宝四缮功败垂，^④ 狮城^⑤一尊中外蚩。

【注释】

①"吼啸"句：铁狮铸于后周广顺三年（953），巨口怒吼，一蹄悬空，形似奔走急行。

②"佑福"二句：铁狮位于沧州原开元寺前，背驮巨大的仰莲座，因文殊菩萨骑狮，故推断铁狮是开元寺前的佛座。也有人说古代海水泛滥，铸铁狮是为了镇水患，故名之为"镇海吼"。

③"今日"句：2011年3月，沧州新铸造的铁狮子重约120吨，安放在狮城公园，但神形不如古铁狮子。

④"国宝"句：铁狮子锈蚀严重，经过四次修缮，均加重了其损坏程度。

⑤狮城：沧州亦称作"狮城"，因狮而得名。

偶见老槐上四个鹊巢相叠

围抱虬槐势入云，鹊巢叠垒乱纷纷。

喳喳撅尾向人叫，犹是儿时报喜音。

夏日省亲

似箭飞车向道平，两轩村舍未暇迎。

林间蝉唱常塞耳，归兴依然到户庭。

感事抒怀

兰花

深涧危崖立自然，谁移玉盏映朱轩？

香魂纤叶常吟赞，清骨亭亭不附炎。

二月二日龙抬头[①]

二月龙节残雪晴，东风依恋彩鸢情。

青丝欲剪排长队，人亦出头谷亦丰。

【注释】

①二月二日龙抬头：本为天象崇拜，元代后成全国节日。各地有祭社神、拜龙求雨、驱邪禳灾、剃头希望出人头地等习俗。

西山培训基地①秋晨散步

银杏焜黄一树金，远山红叶衬白云。
竹廊翡翠曲回静，波滚清凌锦鲤群。

【注释】
①西山培训基地：生态环境部北京会议与培训基地。

北京十三陵附近某电力培训基地深秋见奇异落叶

垂直落金叶，碰地有声咚。
片片敷凝蜡①，寒流造化工。

【注释】
①凝蜡：奇异树，叶大如盘，厚而敷脂。

喜逢王章秀故友

20世纪80年代末，余和岳父李士龙共同研发"绿勃康"叶面微肥。王章秀兄出资召开鉴定会，被评定为国内领先，后获山西省农业博览会银质奖等奖项。其购买此技术并生产至今，该公司目前为华北最大的叶面肥生产企业。

喜看作坊变大楼，畅言创业四十秋。

若无当日拓荒志，哪有叶肥撒九州？

看电影《一出好戏》①有感

巨陨飞来啸浪高，三十游客困荒礁。

考究人性滑稽剧，面孔千般亦尔曹。

【注释】

①《一出好戏》：讲述一群人意外流落荒岛，在失去阶级、规则、财富后呈现出的人性百态。

二十年后又进影院

厅小幕宽广告插，^① 舒温软榻不喧哗。
羲和鞭日^②我疾踵，碌碌人生鬓已华。

【注释】

①"厅小"句：20 世纪八九十年代，电影院有可容纳几百人的硬座椅，到点即演，无广告。20 年后情况有很大不同。

②羲和鞭日：《离骚》有"吾令羲和弭节兮"句，喻时光易逝。

装合页有悟

位置户枢^①轴线平，屈伸自适便君行。
安得世事同机理，有度张弛是运衡。

【注释】

①户枢：见"流水不腐，户枢不蠹"。

粉笔语

一束清白里外真，园丁挥我献初心。

莘莘①若得世间壮，何虑身消化粉尘。

【注释】

①莘莘：莘莘学子。

退休同学聚会

斑鬓拍肩称小崔，话稠孙辈眼睫飞。

瓜民巨擘①当年事，花甲相闻鹭鸟②归。

【注释】

①瓜民巨擘：意为吃瓜群众和业界大佬。

②鹭鸟：见"海鸥相疑"典故，意为不用心机。

若烹小鲜饭店欢送章青芳赴皖

2021 年 6 月 24 日，欢送章青芳赴安徽滁州学院任教。

挥盏晋阳别秀丫，谦谦蕙质素心发。

龙山淝水^①堪长忆，且喜黉宫^②绽玉葩。

【注释】
①龙山淝水：太原天龙山和安徽淝水。
②黉宫：旧指学校。

忆少年时搜红薯

挥汗深翻散土开，^① 碎坷凝目薯出来。
搜得夕日山边尽，^② 篮半甘饴笑语嗨。

【注释】

①"挥汗"句：生产队集体种植的红薯，晚秋收获后，犁地时捡的红薯仍归集体，犁过的地个人可再用铁锹深翻搜寻，红薯归个人。

②"搜得"句：集体干活下工后，再去搜红薯。

大暑闻蝉偶笔

鸣蝉树杪声声咽，欲唤凉风消溽热。

马尾①套蝉儿趣时，茗轩伏案顶毛谢。

【注释】

①马尾：少年时用单根马尾毛做成活套，系于细竹竿之上，套知了。

正月十四于大同偶吟

魏都^①公干上元前，南望并州身倚栏。

狮舞郇阳孩气梦，^② 鬓斑忆旧共婵娟。

【注释】

①魏都：今大同市曾是北魏中期的都城。

②"狮舞"句：余故乡临猗县古称郇阳，少年时代，正月十五有热闹的高跷舞狮等活动。

并州高中同学聚会（古风）

峨嵋学子酌乡宴，^① 暮色龙城早岁寒。

杯净盏空情正满，酒酣耳热话当年。

秋闱重启三十暑，^② 登第青春两鬓斑。

赤子柴门享官俸，感恩邓老代留传。

【注释】

①"峨嵋"句：余曾经求学的闫家庄高中初建于大峨嵋岭上。聚餐是在太原经营运城菜的河东酒家。

②"秋闱"句：从1977年恢复高考到2016年聚会，已有39年。

题好友发来照片

廊桥出水势如虹，楼宇夕晖吻碧空。

古渡舟横鹭鸶占，谁人丹墨绘苍穹？

岁末观雪

雪花又见舞庭前，六秩星杓转宇寰。^①

搏海也曾争奋桨，越关堪慰准扬鞭。

敲诗挥墨情恬淡，阅水临山趣盎然。

兴替沧桑天有道，平凡人世向他年^②。

【注释】

①"六秩"句：秩，十年。杓，北斗七星柄部的三颗星。

②他年：犹言将来，以后。此诗作于退休后，意为在职和退休后都是平凡的人生。

雨后彩虹

云海渐开斜日红，虹桥七彩挂苍穹。

澄霾百里远山净，岸畔徜徉诗兴隆。

游学离乡

1978 年 10 月，家父和三哥骑自行车送余到县城，坐长途车到运城坐火车，赴并州上大学。

游学辞祖在村头，家父叮咛泪泗流。
涑水并州千里梦，柳风离恨万条秋。

春日放鸢所思（古风）

日煦气正好青天，肃风助力升彩鸢。
位高更赖红线牵，翘尾莫碰高压线。

南京玄武湖忆当年毕业实习（古风）

杨柳枝繁秋莲残，节令已凉天未寒。

烟波渺渺如当年，凭栏新桥觅旧船。

见普救寺牵媒杏树（古风）

普救寺张生跳墙处，杏树倚墙而长。戏作。

倚墙成梯堪称奇，灵杏无语知人意。

若非当年长于斯，哪有千古《西厢记》。

正月晦日又见雪

昨夜读唐人李建勋《正月晦日》诗，有"晚来重作雪，翻为杏花愁"句。今晨拂帘，琼宇皆白。千年重复，甚为诧异。

清晓拂帘开，琼宇满眼白。
千年春日雪，多少词人哀。
气暖尘嚣上，连日重重霾。
噬埃驱浊疾，犹待雪花来。

鼋头渚^①赠冯亮^②

己亥早春，赴苏调研。余暇，冯亮驾车同游鼋头渚，于被列入吉尼斯纪录之最的太湖通宝（特大铜钱雕塑）前戏作。

碧浪白鸥远峦淡，仙槎^③吉录有神鼋。

方兄一孔话春渚，禹域频波求溯源。^④

【注释】

①鼋头渚：横卧无锡太湖西北岸的一个半岛，因有石渚形似神龟伸入水中而得名，国家 5A 级风景区。

②冯亮：苏州国溯科技有限公司董事长。

③仙槎：神话中能往来于海上和天河之间的竹木筏。此处指由鼋头渚赴太湖仙岛的游船。

④"禹域"句：太湖仙岛上有数米高的太湖通宝雕塑，冯亮当时手扶铜钱，我为他拍照，寓意财源滚滚，溯源仪器订单纷至沓来。

忆1977年居家备高考

1977年10月21日，媒体公布了恢复高考的消息，并透露将于1个月后在全国举行。由各省命题并组织考试。因试题不同，考试日期也不统一。大部分地区都是当年12月中旬举行的考试。印象较深的是山西省在陕西省之后，因为裴秋梅同学在陕西考试后又回到山西参加考试，且两省都录取了她。

丝丝清气落霜前，剪影芸窗人未眠。

萤曜蛩声村月冷，梧桐飒飒斗长天。①

【注释】

①"梧桐"句：1977年余在临猗县西任上村二级扬水站建设工地担任技术员，八九月份开始挤出时间复习高中课程。媒体公布高考消息后，便居家日夜复习，时值深秋，夜静，巷子里桐叶在风中飒飒作响。

汾河公园见老叟光脊背对弈戏作（古风）

杀他个你夺我抢，晒得他汗滴珠淌。
惊得你目瞪口呆，直道是补钙良方。

陪冯亮尝头脑①

小馆平明淡举觞，玉脂琥珀傅公汤。
话端美味山塘②觅，忽见斑毛又负霜。

【注释】

①头脑：太原特有的美食，是傅山为其母调制的药膳，含羊肉、长山药、莲菜、韭菜、黄酒、炒面等，老者可一年四季早晨吃。

②山塘：苏州山塘街。冯亮曾陪余游览，参见《鼋头渚赠冯亮》。

沉重悼念贺红①同志（古风三首）

其一

一条微信噩耗传，香消玉殒倏忽间。

抗癌三年何其难，奔向瑶台松鹤伴。

其二

幽默笑谈气自闲，热心助人众口赞。

尽职履责无阔言，环保卫士三十年。②

【注释】

①贺红：女，山西省环保厅污染防治处副处长、大气处副处长。丁酉早春（2017年2月18日），贺红同志去世。

②"环保"句：生态环境部对在环保系统工作达30年者，颁发"环保卫士"证书。

其三

镜碎红颜天命年，化作白云佑蓝天。

吾辈扼腕撸袖干，绿水青山慰君安。

和志刚兄《期盼同学相会》①

飞来微信音容现，乍暖还寒雪半残。

峨嵋学子多开拓，百业栋梁有光鲜。

春树暮云遥相忆，管鲍际会古难全。

纸船明烛瘟神送，共觞涑水情亦然。

【注释】

①杜志刚作《期盼同学相会》全诗如下：

惊鸿照影疑才现，不觉此身已半残。

大禹治水堪世才，小乔初嫁何光鲜。

四十五载看又过，六十几人聚难全。

琵琶一曲凭君奏，春心纵盛亦枉然。

蟪蛄①

春秋不识非才浅，声远抉择步杪端。
夏后倘然能有语，人间互诮少一言。②

【注释】

①蟪蛄：一种体形较小的蝉，夏生秋死，所以不知春秋。喻生命短暂或者见识短浅。

②"人间"句：蟪蛄不知春秋，蜉蝣不知朝暮，夏虫不可语冰，井蛙不可语海。乃千古诮人名言。

寄红光兄①

龙城久驻忆孤峰，微信偶鸣知近情。

青麦黄花一晌雨，② 并州涑水卅年风。③

教儿已慰成良器，④ 台宰尚留椽笔名。⑤

京沪有飞夕照热，⑥ 初心老寄大嶷峰。⑦

【注释】

①红光兄：王红光乃余发小，同年生。

②"青麦"句：儿时家乡麦苗青、菜花黄，成为一生的怀念。

③"并州"句：余和红光兄同在省城求学。涑水河为余家乡临猗县的母亲河。

④"教儿"句：其子女皆考入名牌大学，现在都是单位里的骨干。

⑤"台宰"句：王红光毕业后在临猗县广播电视台任编辑、总编。

⑥"京沪"句：其子女分别在北京和上海工作，夫妇二人两地轮流照看第三代。

⑦"初心"句：少年时，余常与红光兄结伴去位于大嶷山顶上的他姥姥家。

立秋

昨夜半，被雷惊醒。今日立秋。

夜半炸雷惊梦酣，北星斗柄向西南。[1]
万灵挚敛开三候，[2] 长夏虎伏[3]嘶晚蝉。

【注释】

①"北星"句：北斗七星斗柄所指方向可辨季节。斗柄南指天下夏，斗柄西指天下秋。

②"万灵"句：挚敛，聚集收敛。三候，"一候凉风至，二候白露生，三候寒蝉鸣"。

③长夏虎伏：民间有"秋后一伏""秋老虎"的说法。

题爱女蓉城照片

见映涵和其表姐露霖无约，偶然会于成都美食街的照片，忆余早年秋日游蜀，感代沟，随手笔录。

犹盛黄花别锦城[①]，遍游巴蜀古文明。[②]
无约二姊聚天府[③]，尽享麻锅变脸情。[④]

【注释】

①锦城：成都古城唐代称锦官城。

②"遍游"句：此处指余上一年参观的都江堰工程和三星堆博物馆。

③天府：四川素有"天府之国"的美誉。

④"尽享"句：指吃成都麻辣火锅、看川剧变脸。

爱囡欲吃画中水果

案侧抱丫①过，胖拳墙壁挠。
循声扭头看，正是紫葡萄。

【注释】
①丫：爱女别名丫丫。

小女接电话

爱女在四五岁时，其舅讲老家话称肥皂为洋碱。数日后，同乡挚友樊养俭来电话，爱女接起，有此笑谈。

来电自称樊养俭，女儿知是卖肥皂。

鬓年前夜识乡音，发小今朝摩腹笑。

寄故里同年聚会

壬寅国庆长假，红光兄组织同年聚餐。余为事所阻，甚憾，遥望南天，吟诵，指敲寸屏，共君话旧。

欣闻发小醉传觞，静默龙城思故乡。

髫岁同学黉舍窄①，青春各奔陌阡长。

南坡扁角甜桃软，北岭圆瓜麦叶黄。

送爽金风知我意，共君微信话沧桑。

【注释】

①黉舍窄：余学校当时只有1间教室，5个年级共用。

鹏婿生日宴题湘荐酒店（二首）

壬寅秋，余和亲家在湘荐酒店为爱婿徐晋鹏举办生日宴会，银屏上有贺徐晋鹏生日所作的《采桑子》词。

其一

雨霏寻味待多时，^① 乍喜银屏见小诗。

湘荐初识一品馔，齿馨^②约定万朋席。

【注释】

①"雨霏"句：在雨中找位于某小区地下室的酒店。

②齿馨：齿德双馨，生日牌匾常用，指年龄与美德共同增长。

其二

贵十六①启漫醇香，共品瑶盘粤味长。

素扇相邀题墨瀚，②庆生国庆喜成双。

【注释】

①贵十六：宴席用酒为贵十六代酒。

②"素扇"句：酒店邀请余在素扇上题诗词。

除夕逢立春回临猗（古风）

岁首①驱车故乡行，物候掠轩渐次明。
汾平介孝②霾重重，尧都舜都麦青青。③
郇阳结彩又张灯，乡村贺岁亦谋耕。
故友挥盏话别情，微信祝福送远朋。

【注释】
①岁首：立春又称岁首。
②汾平介孝：汾阳、平遥、介休、孝义。
③"尧都"句：晋南种植冬小麦。

郝丽虹主任荣调（古风）

秋水汪汪笑盈盈，袅袅杨柳玉玲珑。
赛场疾飞常夺冠，[①] 舞台挥弓赞誉盛。[②]
急应变故有静气，常理烦冗无愁容。
挂帅千钧细肩顶，历经风雨见彩虹。

【注释】
① "赛场"句：省市运动会上少年组短跑取得名次。
② "舞台"句：小提琴考过 9 级。

岳母病危（古风）

夜半驰车奔运城，岳母重症监护中。

口鼻插管双目闭，醒时难语泪双盈。

医嘱后事两手备，姐弟料理细分工。

全柏棺木四寸厚，泪沾悼词失声恸。

痛悼长兄（古风）

黎明接电噩耗传，倏忽失声泪涟涟。

左偏世艰学业耽，农技多娴精细算。

仁爱恭谦敬椿萱，睦邻宽人处世淡。

诗乐有情长乐观，^① 昊天不吊断康年。

瑶台济度无劳烦，兄驾仙鹤莫催鞭！

【注释】

① "诗乐"句：长兄晚年学习诗词，创作了数十首诗词。

悼同学王克让①（古风）

惊闻噩耗欲放声，悲至深时泪难滂。

思敏耿介热心肠，峨嵋同窗情难忘。

春树暮云长相忆，倏忽参商断惘怅。

陇头送驾一炷香，山隔水阻泪两行。

【注释】

①王克让：余高中同学。

悼念陈志鹏[①]（藏头诗）（古风）

　　微信群中得知噩耗，2018年11月3日晚11时许，高平市环境监察大队大队长陈志鹏同志，在执行夜查企业排污工作中，不幸发生车祸殉职。昵称为"青山不老"的群友有诗《哀悼陈队》：

　　　　惊闻噩耗心悲伤，祈祷陈队入天堂。
　　　　环保治霾压功大，长使英雄血泪洒。

　　我有感而作藏头诗。

　　　　悼念英雄微信传，陈情未已泪涟涟。
　　　　志矢治霾夜战酣，鹏翼歃血义云天。

野钓者的人生（古风）

日炎蚊叮笠难掩，朔风亦透皮衣寒。

夜漂动处池月碎，晨曦吐时已投竿。

鱼不咬钩计连连，欲换长线在明天。

单车摩托驱车近，高铁飞机海船远。

寻得佳畔告钓友，鱼线钓饵解他难。

鱼小鱼少不言弃，人生如钓知苦甘。

晋哲王丹婚礼口占（古风）

声声礼炮添喜庆，桌桌亲朋笑脸迎。

换手①切切责任重，戴钻②脉脉一世情。

跪拜③感恩诚改口，正襟泪眼高应声④。

一证⑤高宣有法定，百人注目璧合成。

【注释】

①换手：岳父将女儿交代给女婿。

②戴钻：互戴钻戒。

③跪拜：新婚夫妇呼叫爸妈。

④高声应：父母应答。

⑤一证：宣读结婚证。

高中同学聚会

相聚郓阳白发生，峨嵋黉舍忆曾经。

填沟①几度风约雨，伏案寻常灯伴星。

有幸秋闱龙鲤跃，得时开放果粮丰。②

三巡觞酒言心腑，潮浪一花任舞腾。③

【注释】

①填沟：母校闫家庄中学初建，搬悬崖填沟壑。

②"得时"句：改革开放后，农村分田到户，农民富裕。

③"潮浪"句：余和同学身处改革开放初期，无论升学还是务农均惠享改革开放的红利。

翻见母做奶娘照片

黄泛无遮面骨祥，容留鬓齿最思量。①

乳孩抱哺享怜爱，亲子饥肠置客乡。②

可解家慈心有痛，奈何兄姊口亏粮。

八人与母缺怀照，来世投胎襟下藏。

【注释】

① "黄泛"二句：余少年时母亲病故。

② "乳孩"二句：余弟未满月时给了外乡的人家。

恸悼二兄长

少小庭寒向聪颖，青年赘作外乡行。

情浓兄姊春风过，性耿里邻秋月明。

已诺"村官"济民众，犹加厂总善经营。①

涑川君卧多回顾，掬泪哭茔闻远声。

【注释】

①"已诺"二句：余二哥王绍又名王创业，曾担任村支书、帆布厂厂长等职务，带领群众共同致富，口碑甚好。

退休大棚种菜

亦非避世桃源客，宁可穹棚养性情。

籽叶轮回古今事，蛹蛾蜕变地空行。

施肥且喜波图谱，浇水又凭遥控令。①

纵使二毛压华鬓，偏怜三九弄春风。

【注释】

①"施肥"二句：测土施肥，根据湿度用手机控制浇水等大棚作业。

高考日忆高考

又听十月天音传，黉舍求才禹域欢。

数载不经乏柱栋，一朝反正聚良贤。

堪忧夜半灯如豆，更喜葱青志尚磐。

雁寄官书振翮起，柴门向党胆披肝。

感二姐又寄水果

丰巢扫码开，又寄杏桃来。

相告视频里，一头泪望白。

风筝祭

漫舞东风挂九天，位极线尽自悠然。

斜鸢①何故来缠绕？倒转飘零向远边。

【注释】

①斜鸢：风筝在空中缠绕。

无题

人间四月何为美？叶绿花绯细雨滋。

光媚竹萌君宛在，桃红簇簇惹幽思。

悼岳母①

铁龙哀轨啸银原，痛念恩萱几秩年。

曾受"文革"眼斜视，更劫激素骨销残。②

多欣子女家国报，常喜孙甥学业尖。

大疫无情沉宝婆，堂前有伽忆慈颜。

【注释】

①悼岳母：壬寅冬四九日，大雪初霁，原野银装素裹。一个人在高铁上，千里奔丧，眼泪汪汪，录之。

②"更劫"句：岳母中年患类风湿疾病，吃激素多年，骨质疏松。

退休放歌

秋气抒怀

才散蝉声响紫桐，却归行雁写云空。

迎朋菊盏①鸡窗②下，招手莲蓬阆苑中。

且任西风染红叶，还将青眼③寄苍松。

鬓霜尤爱秋林晚，寒砚轻吟浅弄盅。④

【注释】

①菊盏：犹菊酒。

②鸡窗：见典故"宋宗鸡窗"，常指书斋。

③青眼：出自《晋书·阮籍传》，表示对人看重或喜爱。

④"寒砚"句：指习书法、吟诗、品酒。

老年队庆"六一"

白发红巾行列长，环湖暴走^①势铿锵。

队歌高唱沧桑梦，最忆缨枪节日扬。^②

【注释】

①暴走：一种新时尚的健身运动。

②"最忆"句：20世纪五六十年代，学校组织过"六一"，扛红缨枪操练。

退休感怀

顺境难寻漾晓风，厄时常见仰攀情。

业精敢认学渊厚，心热非关责诺①轻。

自顾立身形影正，只求处事渭泾明。

任听不惯哓哓②耳，独步西东看赤青。③

【注释】

①责诺：责任和承诺。

②哓哓：争辩声。

③"独步"句：我行我素，笑看人间百态。

退休杂兴（二十一首）

其一　错峰乘公交

匆匆到站日微曦，起让无人座不稀。

敢使错峰心有念，[①] 上班族苦履年知。

【注释】

①"敢使"句：当年上班时挤公交，甘苦自知，今退休后错峰乘车。

其二　练习书法

案置碑牒晤古人，寒毡热坐梦难寻。

履年硬笔堪辄用，[①] 公干急急按键频。

【注释】

①"履年"句：上班时用硬笔办公。

其三　老年大学

风雷难阻课无缺，四返蹲班业不结。

喜赖求学有人管，报名先把世情赊。[1]

【注释】

①"报名"句：入学报名难，要托关系才能报上名，但入班后可重复上。

其四　创作诗词

诗兴未央吟笔忙，再识平仄检书香。

冗饶履迹裁一片，老干体情寄短章。[1]

【注释】

①"老干"句：老干体是诗词创作中特定时期的一种文化现象，主要是紧跟时代，为国家代言，但内容常常较为空泛，社会上对其褒贬不一。

其五　玩大陀螺

陀螺三五转团团，哥俩手疾唯掠慢。

双臂抡圆天地开，肩疼化作鞭花散。[1]

【注释】

① "肩疼"句：玩陀螺的人多为原来有肩疾。

其六　戒烟

恶肿指标空自哀，[1] 卅秋吐雾此时乖。

尼丁有害年年戒，绳己苛时情至衰。

【注释】

① "恶肿"句：体检时肿瘤指标高。

其七　垂钓

一肩风雨爱溪头，细细纶竿孜可求。

尾碰吞钩浮子动，^① 忘乎得舍^②写春秋。

【注释】

①"尾碰"句：鱼儿身体碰钩或吞钩，浮子皆动。

②得舍：人生有得有失。

其八　甩钢鞭

熏风灼热月东天，嘎脆鞭声炸馆前^①。

近看抡空七尺链，乾坤圈^②滚向颐年^③。

【注释】

①馆前：博物馆、图书馆前的广场。

②乾坤圈：传说中哪吒项戴金圈。

③颐年：保养延年。

其九　吃头脑

玛瑙珍珠白玉丸，海谈炙酒晓东天。

底成奉母傅宅膳，耆老龙城日日餐。

其十　放风筝

锦鲤御风扬九霄，^① 纤纤紫线任扶摇。

影接银燕^②惊金鸟^③，天阔云高自迩遥。^④

【注释】

①"锦鲤"句：锦鲤品种颜色甚多，此处指漫天的风筝中最亮丽的。

②银燕：飞机。

③金鸟：对飞鸟的美称。

④"天阔"句：高低远近自由飞翔。

其十一　健身

华鬓比肩肱二肌，哑铃臂举壮儿姿。
青春燃耗家国事，老我拔筋倍见惜。[1]

【注释】

①“老我”句：上班时忘我工作，退休后才注意锻炼身体。

其十二　白发伴侣汾河长堤散步

秋荻飘瑞若云闲，渚柳白鸥问岁年。
又见新桥凌碧汉，[1] 长堤执手向尧天。

【注释】

①“又见”句：数十年间，夫妻散步时屡见新建桥梁。

其十三　汾河骑行

平野青林展彩绦，天轮①风火下云霄。

莺歌花舞皆身后，更有群鸥乱晚涛。②

【注释】

①天轮：哪吒足下风火轮。

②"更有"句：车向前方有更好的风景，一直向前。

其十四　习圆号于大桥下

巨拱凌波好乐厅，群鸥①伫立侧头听。

戏说前岁初屈指②，声似杀鹅鸳乱惊。

【注释】

①群鸥："不惊鸥"典故出自《列子集释》，喻心和形顺、万物和谐，与末句形成对比。

②屈指：吹圆号时用手指压键。

其十五　大妈照相团

唇红裙绿眼睫飞，写住桃花接紫薇。[①]
童趣不留银缕恨，瞬间永永忆华辉。

【注释】

①"写住"句：桃花3月开，紫薇花6至9月开。指一年四季都能拍照。

其十六　大棚种菜

雪花飒飒菜花艳，寒热分明膜两边。
致仕梗浮[①]无故土，借来天火问农田。

【注释】

①梗浮：随风漂流的桃梗。典出《战国策·齐策三》。引申为漂泊无定所者。

其十七　广场对弈

有语观棋兴致高，落枰常悔苦筹招。[①]

谁言棋事局局变，杀手终归马卧槽。

【注释】

①"落枰"句：俗语云"观棋不语真君子，落子无悔大丈夫"。

其十八　云南断鼻大象家族长途旅游

吞果薅秧寻美酒，祸殃千起自名留。

更添小宝[①]网红赚，车傍机飞护我游。

【注释】

①小宝：象群迁徙途中生下一头小象。

其十九　雪花

舞姿轻袅献冰心，九转琼霄炼此身。

若使世间争烂漫，便融大地润滋春。

其二十　秋雨酿灾

辛丑国庆节期间，山西多地发生洪灾，工厂煤矿停产，冬麦难播，余捐款救灾。

惯常暑汛淹毁事，秋雨谁知毁大堤。

点点真心汇微信，家园再建北风急。

其二十一　台灯

轩槛独明夜半时，读章无语窃娜姿^①。

诗园有获砚池浅，汝伴鬐年到鬓丝。^②

【注释】

①窃娜姿：台灯造型各异。

②"汝伴"句：余一生爱读书。

中秋感怀

果红一树槐叶黄，飞镜澄天昊气长。①
忆事临轩无愧疚，举杯话旧有激扬。
椿萱遗爱常怀缅，兄弟缺枝频感伤。②
月半总归多月满，平生岂可负秋光。

【注释】

①"飞镜"句：飞镜喻明月，见李白《把酒问月》中"皎
如飞镜临丹阙，绿烟灭尽清辉发"。昊，广大无边。

②"椿萱"二句：父母已故多年，长兄又突然去世。

退休网名阿朝改作采菊东篱

离位渐知文电少，无责方觉懒烦劳。

更痴诗墨酬昔愿，菊采东篱看日娇。

退休知喜鹊夜寐

软垫红龙榻①，心平身亦佳。

经年四更醒，摩腹待鸣鸦。②

【注释】

①龙榻：雕有龙形图案的床。

②"摩腹"句：晨醒后双手按摩腹部，听树上的喜鹊鸣叫。

冬日放歌

壮图①他日顾多情，岁暮淡泊白发生。

足迹神州闻道②影，胸吞云梦隐无形。③

笔端犹可舞霞锦④，杯里才识有至清⑤。

畅望东君⑥一霎过，三千击水棹休停。⑦

【注释】

①壮图：壮志，宏伟的意图。见唐代司空图《力疾山下吴村看杏花十九首》之二"羸形不画凌烟阁，只为微才激壮图"。

②闻道：领会某种道理。见韩愈《师说》"闻道有先后，术业有专攻"。

③"胸吞"句：云梦，指云梦泽，中国湖北江汉平原上的古湖泊群的总称。无形，犹言不知不觉。

④霞锦：喻美好的辞章。

⑤至清：极其清澈。

⑥东君：传说中的太阳神。

⑦"三千"句：见庄子《逍遥游》"水击三千里，抟扶摇而上者九万里"。

观剧有感

高歌善舞可称奇，观者怀才亦难知。

台上作程①台下看，人生演技逊时机。②

【注释】

①作程：做楷模或典范。

②"人生"句：人生要取得成功，必须抓住机会，否则演技再好，也只能在台下看戏。

退休后大棚种菜

喷雾除蚜毒性轻，杀菌应是紫烟腾。^①

却将万字治污策，^② 换授一棚虫药经^③。

【注释】

① "杀菌"句：用烟雾剂熏蒸大棚，杀菌灭虫。

② "却将"句：从事环保工作近 30 年所积累的治理污染理论成果和实践经验。

③ 虫药经：杀菌灭虫的知识和经验。

退休晓听楼外槐枝鹊乱

六九学堂闻晓鸡，^① 华斑楼外鹊嘈知。^②
堪嗟破卷路行万，^③ 唯有声声总唤时。^④

【注释】

① "六九"句：余少年时早晨听雄鸡鸣起床去学校。

② "华斑"句：余年老后每日早醒，听楼外喜鹊嘈杂。

③ "堪嗟"句：读万卷书，行万里路。

④ "唯有"句：人生的奋斗，要从每天清晨的鸡叫声开始。

秋日登孤峰

盘道孤峰九月中，山光不与四时同。

曳风金叶万崖染，夕照果红千壑浓。[①]

【注释】

① "夕照"句：山前的丘陵盛产苹果。

回访西任上二级扬水站（古风）

轩外枝低果正稠，驱车两问北景沟。

曾建站房无影踪，唯留窑洞三点黝①。

水站建设两度秋，② 漫挥青春尽风流。

崖头拍照问根由，四十春秋夙愿酬。

【注释】

①窑洞三点黝：站在高崖上看远处深沟底部坍塌的三孔窑洞，犹如三个黑点。

②"水站"句：余高中毕业后，在西任上二级扬水站民工连任副连长兼技术员。

退休一年述怀（古风）

致仕不闲兴趣稠，日行八万①乐悠悠。

案牍急急俱往矣，鉴定缕缕可析透。②

百笺诗草立案头，八块腹肌欲难求。

桑榆非晚霞满天，趁得好风稳行舟。

【注释】

①日行八万：地球自转。见毛泽东诗句"坐地日行八万里"。

②"鉴定"句：生态环境损害司法鉴定专家工作。

重访西任上二级扬水站

坝头高处任君观，巨管砼池诉旧年。
三孔洞窑斑三点，一川玉黍半川烟。
常教筹策燃青岁，总信凌波上旱垣。
沟壑不磨云路志，秋闱帖报奋翔天。

汾河畔骑行口占

一湾水鸟觅啄食，两岸青林百鹊啼。
污淖时清嗅馨味，^①双轮飒爽忆平昔。

【注释】

①"污淖"句：汾河治理前为劣Ⅴ类水质，污秽刺鼻，经过 20 余年治理，今水质已达三类标准。

孤峰①吟

四面同观任我攀，大河一线向潼关。

尤功开放小平老，岂奈"文革"鬓髻尖。

计较从来扰庸懦，穷通自古砺良贤。

足跟海眼②生云霭，只见孤翁③上九天。

【注释】

①孤峰：孤峰山四面山形基本相同。

②海眼：山顶有个洞，常年冒出云雾，俗称海眼。

③孤翁：作者字"孤峰一翁"。

汾河吟

平湖烟淡漾白鸥，大道骑疾车似流。

致仕心无责诺累，挥毫笔落古拙稠。

三千浪迹已搏手，两踵飞尘不必眸。

本是峨嵋柴扉子，汾桥笑看满城楼。

人生第一球①

双手勾持抢半圆，能量转换物抛旋。

银球点点赢呼喊，绿草茵茵向远天。

总把搏击催入梦，不教懈怠负韶年。

青春为伴快移履，又记人生第几杆。

【注释】

①人生第一球：参加公司团建，看教练示范，每人击打 30 颗高尔夫球。因初学，同伴戏称"人生第一球"。

他人索字吾自勉

砚田耕垦几多秋，池浅篙急慢弄舟。

今日挥毫怀素志，寒毡再坐自风流。

时代风云

晨园中大妈广场舞

　　山西省环境与资源保护协会的办公室位于迎泽公园旁的大楼，余临轩每每可见广场舞。

　　跃鲤清波弄曙光，翩翩绸扇彩丝长。
　　谁教舞曲连连放？云袂不遮红脸庞。

乡村敬老院书春联

　　新红①快递覆寒毡②，颂事家国寄砚田。
　　翁媪几多开笑口，墨香犹在沁牛年③。

【注释】

①新红：空白的对联纸。

②寒毡：形容寒士清苦的生活或指清苦的读书人，此处指书画毡。

③牛年：此诗作于 2021 年，为农历辛丑年。

傅山园违章别墅整顿^①

旧岁青青何处寻？雀罗蛛网绕柴门。

风中告示余残页，一院荒芜向晚曛。

【注释】

①傅山园别墅群因土地手续不全被全部拆除。

股市遇暴跌

大盘翻绿眨巴间，一片唏嘘伴悔言。^①
散户出仓谁肯要，巨鲸^②钵满早溜烟。

【注释】
①"一片"句：余曾炒股，涨时笑，跌时自悔抱怨。
②巨鲸：指庄家或大集团。

团建篝火晚会

争先竞演霓光旋，^① 漫野烤香^②惊众仙。

篝火青春燃熠熠，歌声明月舞翩翩。

非关酒力撼红岘^③，更有激情兴晋环。

灵璧^④划穹千载在，初心吾党庆华年^⑤。

【注释】

①"争先"句：2021年夏，余参加晋环科源公司在山西省灵石县红崖峡谷景区的团建。

②烤香：烧烤篝火晚会。

③红岘：红崖峡谷景区的红色山崖。

④灵璧：隋开皇十年（590），文帝命挖河，获一巨石，以为祥瑞，遂置灵石县。

⑤庆华年：此诗作于2021年，恰逢建党百年。

感排雷后人墙验收①

手牵大步高声吼，哪个男儿眉宇皱？
此地无雷谁可知，人墙过后你来走！

【注释】

①电视里中越边境排雷后，战士对全部雷区进行验收，挽臂踏歌而行，甚是豪迈。

浪淘沙·关公文化节

　　戊戌金秋，余应邀参加第 29 届关公文化节，深感关公忠义文化源远流长。

　　狂舞浩歌筵，光转云寒，蒲声京语雅章连。绛鼓①恢宏飞赤县，月挂西天。
　　文武五千年，九州薪燃，为公天下舜尧传。厚道运城关圣赞，古中国②源。

【注释】
①绛鼓：山西新绛县（古称绛州）大鼓表演，统称为绛州鼓乐，为国家级非物质文化遗产。
②古中国：运城古称河东，是中华文明的发源地之一。

飞蠓

南非海面飞蠓如龙卷风，是当地人的美味。

龙卷黑风海面旋，遮天蔽日起惊澜。
亿千飞蠓交欢后，压作肉团赤火煎。

汾湖高新区①赞

邻沪接苏分吴越，林清荡秀水乡居。
人才济济出胥渡，吴韵悠悠唱芦墟。
产业群集寰宇辏，功能齐备百强驱。
央枢猷定金三角，头雁雄飞展九衢。

【注释】

①汾湖高新区：位于江、浙、沪交会的金三角腹地。汾湖乃古时吴、越界湖。芦墟古镇相传有伍子胥渡口。柳亚子呈毛主席的诗有"安得南征驰捷报，分湖便是子陵滩"句。

汾河男女二桥①赞

凌波承露两弧圆，破地亘天一柱尖。
男女双桥汾畔立，阴阳互惠在人间。

【注释】
①男女二桥：太原市的南中环桥和摄乐桥的造型分别被称为男桥和女桥，喻阴阳平衡。

头脑

秋雨霏霏破晓停，习习凉意踏车轻。
一钵头脑微生汗，小菜两碟黄酒清。

观打铁花

乙未年于太原中华傅山园观看打铁花，忽忆起儿时补锅匠为村民"打花子"。

红火炉膛熔铁浆，柳榆砧板蘸湿汤。

一匙铁水千钧碎，化作漫天星斗光。

第2届全国青年运动会开幕式

2019年8月8日第2届全国青年运动会在山西太原举办。

百鼓响天际，林林飙万旗。

健儿膺重任，跑道展英姿。

三晋腾飞日，盛秋举盛仪。

太行新树帜，逐浪大河①疾。

【注释】

①大河：汾河。

炒作七夕情人节有感

鹊桥难会世间悲，凶日^①由来不问媒。

节愫总归商贾计，荷包瘪去哪家肥？

【注释】

①凶日：七月七日牛郎织女相会，本来是个悲剧，民间有"七夕不提媒"之俗。

高炉出钢

一瀑岩浆迸火膛，金花溅射涅槃光。
铅华淬去钢魂在，铁骨铮铮做栋梁。

高炉出焦

耸崖赤炭落炉仓，热炙百竿扑气扬。[①]
三日丹熔凝碳魄，销身化作热和光。

【注释】
　①"热炙"句：数米高的炽热焦炭推出炉仓后，百米外都热气扑面。

早六点过图书馆见排长队

秋风翦翦雨毛毛，接踵捧书连几遭。
公考独桥拥万众，人人试卷论低高。

咏中华诗词学会

高歌奋进四十年①，万紫千红满杏园。
化雨春风薪火继，弘扬国粹旌旌悬。
针砭时弊洪钟铸，吟诵河山清籁传。
漫道回眸萦远梦，汉唐韵啸更无前。

【注释】
①四十年：中华诗词学会成立于 1987 年 5 月 31 日。

夫妻流动麻花车

夜宿道旁窗带霜，不关晓月亦开张。

细街风雨留双影，送去千家脆瓣香。

高铁机组赞

倏忽山水永接连，网络城乡田过田。①

出海蛟龙腾涧隧，驾云神马骋垣岚。

初心一脉寄征路，两轨风尘载世年。

日月穿梭列厢乐，关情无愧北还南。②

【注释】

①"网络"句：列车夜以继日，东西南北，纵横驰骋。

②"日月"二句：列车快速穿行于山水之间，无垠原野上
铁路网相连。

赏析大众途昂广告（古风）

自家购车，内有广告。深感现代汽车广告犹如盛唐诗词，高端大气，气吞山河，充满正能量。

澎湃动力征寰宇，万里崎岖成坦途。
形比百岳伟岸躯，势如万象大气度。
时代脉动高智能，科技创新领新风。
精制工艺藏人性，豪华配置铸典经。
大世界充满激情，路漫漫更加笃定。

古城除夕夜（古风）

小城霓虹清风阑，万户炉火阖家欢。
砧响叮咚羊肉馅，糕炸金黄软黍面。
围炉划灰交筹酬，央视春晚犹大餐。
新年钟声不夜天，鸡犬交子又一年。

古城新春街景（古风四首）

其一　活羊挤奶卖

汗汗金犬甫接班，咩咩玉羊到街前。
挤得甘乳白线线，犹带体温味道鲜。

其二　现炒馍夹菜

车载小灶带燃气，翡翠白玉琥珀齐。^①
炒锅翻舞香四溢，腾腾雪馍甘如饴。

【注释】
①"翡翠"句：分别指青菜、豆芽、食用油。

其三　油饦串着卖

团团白玉转飞碟，滚滚琥珀好上色。
冲天香气漫长街，神仙寻味出天界。

其四　羊汤红油盖

玉脂琼浆滚滚白，大坨玛瑙快刀裁。
饼子油酥不能带，羊汤上面红油盖。

龙城新春灯万家（古风）

　　戊戌新春，太原市政府组织在辖区张挂彩灯，美化太原，多彩绚丽，风景各异。余于汾河畔迎着徐徐清风散步，目之所及，心旷神怡，感而录之。

长桥如虹映河冰，大道玉树啸东风。
广场玉犬逐金鸡，宽街金花映长空。
国泰民安新时代，乾坤清朗沐春风。

晋阳古城灯会（古风）

并州明月并州风，古城星空古城灯。
双塔凌云栖来凤①，周柏苍劲桐叶封。
金犬玉鸡逐时令，锦鲤吉龙云水腾。
十里古墉落银浦，三晋苍生赞耿翁。

【注释】
①来凤：太原古有凤城之称。

谷爱凌冬奥夺冠赞①

筋斗十抟大圣惭，嫦娥欲助共飞天。

犹如掠地离弦箭，雪上仙姝惊世寰。

【注释】

①在 2022 年北京冬奥会上，谷爱凌夺得两金一银共 3 块奖牌。

次大同古城杂兴

余公干宿云岗国际酒店，晓临轩北望，西隅堞墙蜿蜒，瓮城威严。东郭大道纵横，群楼耸天。感恩耿彦波市长，俄而又惋惜北京。

古墉煌扈伴新城，^① 八载艰辛哓论^②声。
若使首都一轴定，^③ 今人身历到明清。

【注释】

①"古墉"句：煌扈，壮盛貌。大同古城按照"一轴双城"方案修复。

②哓论：犹言议论纷纷。

③"若使"句："一轴双城"方案由梁思成在 1949 年提出，即在北京西部建新首都，二环以内保持老北京原貌，最终此方案未被采纳。

浪淘沙·上元①夜于迎泽大桥

早岁古城欢，灯彩霓悬，千家锣鼓震群山。万辆彩车横晋水，酷射灼天。

双塔影相连，雪映龙山，春秋古韵万年传。青运煤都龙虎跃，②更谱新篇。

【注释】

①上元：元宵节。

②"青运"句：2019 年在山西太原举办第 2 届全国青年运动会（前身为全国城市运动会）。太原有"煤都"之称。

新时代端午

自古击楫①频恶浪，龙舟②鼚鼓闹长河。

初心怀绕圆国梦，何用问天激楚歌。③

【注释】

①击楫：晋祖逖统兵北伐，渡江中流，拍击船桨，立誓收复中原的典故。

②龙舟：端午节闹龙舟。

③"何用"句：屈原因愤而发天问，留下《楚辞》。

中秋视频祝福

浩然天镜^①挂东天，祝愿视频飞岭南。^②
千里婵娟宋时月，^③ 寸屏笑语又欢颜。^④

【注释】

①天镜：中秋之月明亮如圆镜。

②"祝愿"句：朋友自广州发祝福视频。

③"千里"句：见苏轼《水调歌头·明月几时有》"但愿
人长久，千里共婵娟"。

④"寸屏"句：今人不仅能寄相思于明月，更能通过手机
视频传送笑语欢颜。

并州丁酉元宵夜

上元^①满月海天悬，琼宇银河落此间。

熠熠烟花绽宵夜，煌煌彩树^②斗人寰。

且观社火六城^③远，更绕歌声八面欢。

身陷胜游情益荡，诗抄国泰报民安。

【注释】

①上元：上元节，正月十五元宵节。

②彩树：用彩灯带装饰的街道树木。

③六城：太原市辖6个城区。

丁酉春节傅山园观三晋花馍展

人头攒动笑谈欢，栩栩面花①约旖园。

七彩银坨团妙手，② 千姿瑞兽③立朱盘。

且识鱼鸟羽鳞细，④ 更喜岳关⑤刀马寒。

十二生灵活物现，金鸡唯有踞鳌端。⑥

【注释】

①面花：俗称花馍，流行于北方地区的传统面塑艺术。

②"七彩"句：银坨，生面块。团，把东西揉弄成圆球形。

③瑞兽：象征吉祥之兽，此处指用面捏的动物。

④"且识"句：鱼鸟的造型精美，羽毛或鱼鳞清晰可辨。

⑤岳关：岳飞、关羽等人物活灵活现。

⑥"金鸡"句：农历丁酉年，按习俗鸡应居主要位置。

辽宁舰

入水鲲龙^①惊宇寰，腾空钢翼啸南天。

长城筑海添国器^②，万里河山万里安。

【注释】

①鲲龙：传说中的大鱼、蛟龙。

②国器：国之重器。

乘高铁历蜀道难

　　蓉城返并之晨醒，欲观剑阁奇雄、蜀道险危，遂换飞机为高铁，然途中遇山则隧道穿之，甚憾，敬坐吟诗入手机。

> 空飞急换动车行，贪睹剑阁风飑旌。①
> 近入隧幽泉脉暗，远观柏染乱峰青。②
> 快然未涉蜀山险，乐此已居双轨平。③
> 暮景擦轩无古锦，④ 漫敲诗韵现蓝屏⑤。

【注释】

　　①"贪睹"句：剑阁，位于川陕接合部的剑门关，今为旅游胜地，遍插彩旗。

　　②"近入"二句：远看列车窗外，古柏遍布山间，但行至山峰前进入隧道，窗外却一片黑暗。

　　③"快然"二句：遗憾未看到"蜀道难"，为高铁一路坦途感到高兴。

　　④"暮景"句：擦，推。轩，车窗。擦轩，擦窗而过。古锦，古锦袋，专指贮诗之袋。

　　⑤蓝屏：手机。作诗于手机上发给朋友或自行保存。

舞狮（古风）

摆尾摇头惹人喜，高台一跃云烟起。[①]
群狮争斗吼声威，冷眼独尊金脚立。[②]

【注释】

①"高台"句：舞狮者两人配合，能上下两米高的木桩。

②"冷眼"句：舞狮者后面的人举起前面的人，单腿立在木桩上，功夫了得。

拔火罐

拉罐①细痕生，吸肤圆印青。

氧燃造负压②，湿去又祛风。

【注释】

①拉罐：拔罐时先走罐。

②负压：气罐是吸去空气，火罐是燃掉罐内氧气，都使罐内产生负压。

青运会圣火采集台^①

大河阶地^②有人猿，切角^③敢为宇甸先。
下洞上巢神火老，^④ 文明脉脉举国瞻。

【注释】

①青运会圣火采集台：位于山西省运城市芮城县西侯度遗址圣火公园。西侯度为中国境内已知最古老的一处旧石器时代遗址，考古人员在这里发现了人类最早用火的证据（约180万年前）。

②阶地：遗址位于黄河中游左岸高出河面约170米的古老阶地上。

③切角：遗址中发现带有切痕的鹿角和动物烧骨。

④"下洞"句：采集台为山洞上面有树巢屋的下洞上巢造型。

赞青运会圣火采集①

混沌夜长一缕光，采得圣火动八方。

双传②燃炬寄青运，三晋更擎尧舜觞。

【注释】

①中华人民共和国第 2 届青年运动会，2019 年由山西省人民政府承办。2018 年 3 月运动会圣火在运城市芮城县西侯度遗址圣火公园成功采集。

②双传：第 2 届青年运动会增加了网络火炬传递。

赴京参加诗词论坛有感

己亥十月，余赴京参加庆祝中华人民共和国成立 70 周年中华诗人论坛，有诗界大咖钟振振讲课。

耕韵已经年，今朝悟理玄。
律诗联对美，绝句宕跌观。①
二月花魂在，三秋树意鲜。②
传承依法度，新语俱时添。③

【注释】

①"律诗"二句：七律或五律的中间两联对仗，是灵魂。七绝或五绝的第三句要"跳"起来。

②"二月"二句：诗贵新贵精。如"删繁就简三秋树，标新立异二月花"。

③"传承"二句：格律有平仄、黏对等法则，需要传承。但以时代语言入诗，方有生命力。

住党校月下散步①

馆舍灯明亭榭暗，金风漫道月将圆。

信息日变纡筹策，② 老眼伏读③在枕前。

【注释】

①山西省委党校进行厅级干部培训，纪律严明，本市人亦必须住校。

②"信息"句：纡，曲折。筹策，谋划，揣度料量。

③伏读：恭敬地阅读。

长沙至太原飞机上

升降簸颠徒悸悚，迷离睡意平流层。[1]
杏花雨细犹沾醉，一架长风归梦宁。

【注释】

①"迷离"句：客机一般会在离地表 10 千米的高空，即平流层底部巡航，此时飞机飞行平稳。

山西省"喜迎二十大 银龄心向党"诗书大赛获奖诗（五首）

其一 瞻中条山抗日英雄跳黄河殉国纪念碑①

八秩淹埋骨未寻，② 一碑凌跨见精神。

崖松难挽冷娃③手，黄沫悲收烈士魂。

有幸中原立屏障，方将西北免沉沦。

芦花岁岁秋风曳，呼唤英灵归向秦。

【注释】

①中条山抗日英雄跳黄河殉国纪念碑：位于山西省运城市芮城县黄河之畔，为纪念国民革命军第四集团军跳黄河壮烈殉国的抗日英雄，于 2010 年建成。

②"八秩"句：1939 年的中条山保卫战"六六战役"中，800 余名不满 20 岁的陕西籍男儿，被日军逼至绝壁后，无一人降敌，高呼"宁跳黄河死，不做亡国奴"，相继跳崖或跳入黄河。

③冷娃：陕西方言，指常干莽撞事的小伙子。此处为褒义。

其二 右玉县右卫古城①

轮压荒砾上城头，西望旌摇杀虎楼。

骑射飞镝马嘶处，年年朔漠转沙丘。②

【注释】

①右卫古城：位于山西省朔州市右玉县，是建在善无县遗址上的古城，北距杀虎口 10 千米，已经被黄沙淹埋，近年对东西城门进行了清理修缮。

②"年年"句：右玉县地处毛乌素沙漠东部边缘，史上风沙成灾。

其三　参加"喜迎二十大　银龄心向党"书法大赛有感

泼墨细寻生态句,^① 名章新刻整宣^②铺。

银龄向党初心在，知奖难赢更颂书。

【注释】

①"泼墨"句：书法大赛要求作品中有生态环境保护方面的内容。

②整宣：整张宣纸。

其四　右玉游

车行百里绿遮轩，谁遣江南到右关①。

湿地②清波舞黑鹳，雄墉③彩帜耸云天。

若得林浪连峰卷，敢灭沙霾接力干④。

四色丰碑⑤迷老眼，为功⑥赤县看青山。

【注释】

①右关：右玉县古有右卫关。

②湿地：苍头河国家湿地公园。

③雄墉：右卫古城，杀虎口。

④接力干：50 多位县委书记接力绿化治沙。

⑤四色丰碑：红色为不忘初心，黄色为风沙弥漫，绿色为绿水青山，蓝色为蔚蓝天空。

⑥为功：习近平批示的"右玉精神"中有"久久为功、利在长远"。

其五　瞻右玉南山绿化丰碑

四色丰碑云作乡，摩肩观者向八方。

七十年绘一图绿，塞上明珠长远光。

题中华最美古树^①（二首）

其一

帝乡有证弟曾植？叶散千秋泉老滋。^②
悠缅南风琼屑泛，^③ 薪传德孝邈绵时。^④

【注释】

①中华最美古树：由全国绿化委员会办公室、中国林学会评选出的 85 株"中国最美古树"中，位于山西省永济市虞乡镇张家窑村的两株古橡树，相传是舜的弟弟象所栽。

②"叶散"句：古树旁至今仍是泉水汩汩。

③"悠缅"句：舜帝曾作《南风歌》。

④"薪传"句：舜帝的孝德文化千古流传。

其二

铁骨龙盘双影迷，老苔不惹破春枝。
条山风雨断魂处，^① 人世沧桑应尽知。

【注释】
①"条山"句：古树位于中条山脚下。

园亭见民工休息

芍药分红与曲廊，群鸭午晌抢阴凉。
一园刺耳蝉声乱，坦腹劳工鼾震长。

新购电蚊拍灭蚊子

性本贪婪身细盈，血腥饕餮噤无声。
掌击香雾犹飞遁，^① 电网密查残屑轻。^②

【注释】

①"掌击"句：用手掌击打或用蚊香灭蚊时常有逃逸。

②"电网"句：电蚊拍高压放电击毙蚊子后，蚊子轻轻掉落。

飞悉尼^①

万里东来还向西，长风一日到悉尼。
五洲从我座前掠，朝雪夕闻蝉噪疾。

【注释】

①悉尼：位于南半球，冬夏与北半球正好相反。

两组航天员太空同舱

一箭别尘喷焰红，六人相会在天宫。[①]
嫦娥侧目生惊惑，去返寻常游太空？[②]

【注释】

①"六人"句：2022年11月30日7时33分，神舟十五号载人飞船上的3名航天员进驻中国空间站，与已经在太空工作半年的神舟十四号航天员首次实现"太空会师"。

②"去返"句：本次是中国载人航天工程立项实施以来的第27次飞行任务。

重游尼亚加拉瀑布^①

千寻遥看滚云团，^② 震耳如雷近瀑前。^③
浩荡苍茫截断壁，卷翻呼啸曳白帘。
面纱旋转马蹄怒，^④ 少女逢迎人面潜。^⑤
两度虹桥加美地，^⑥ 世间胜景无须钱。^⑦

【注释】

①尼亚加拉瀑布：位于美国和加拿大交界处，为世界三大跨国瀑布之一，是世界上最狂野的旋涡激流。瀑布流面总宽度达 1240 米，高程有 50 多米。

②"千寻"句：很远能看见瀑布上空高达 100 多米的水汽形成云团。

③"震耳"句：尼亚加拉在印第安语中意为"雷神之水"。印第安人认为，瀑布轰鸣是雷神说话的声音。

④"面纱"句：瀑布由水量大的马蹄瀑布和水量少的新娘面纱瀑布构成。

⑤"少女"句：搭乘"雾中少女"号观光船，穿着防水衣穿梭于瀑布之下扑朔迷离的水雾之中。

⑥"两度"句：美加两国在瀑布两侧，各建尼亚加拉瀑布城作为姐妹城，由彩虹桥连接。

⑦"世间"句：彩虹桥上无一兵一卒，没有关卡，无须办理过境手续，不收取费用，是国与国之间和平开发自然资源的典范。

赞金秋笔会潘泓会长改稿^①

眼大囫囵剖立意，手低缕解铸一词。^②
加班岂是炉温慢，拇指爆屏甘拜师。^③

【注释】

①2022年《中华诗词》杂志举办第19届（网络）金秋笔会。潘泓为《中华诗词》杂志副主编、编辑部主任。为余所在第6组的改稿老师。

②"眼大"二句：眼大囫囵，指从大处着眼，看整首诗的立意。手低，指从细处着手，打磨一字一词。

③"加班"二句：虽然潘泓的诗词造诣已达到炉火纯青的境界，仍然加班加点，尽量多与学员交流。学员们心悦诚服，甘拜为师。

聚餐迟到者

瓜子清茶天地阔，高朋玉案有人缺。

急急拱手诉缘故，自取三杯①岂敢赊。

【注释】

①自取三杯：自罚三杯酒。

观第29届洪洞大槐树文化节寻根祭祖大典①（古风）

彩旗飘舞鼓乐喧，奉牲献谷盈香案。

古槐苍苍六百年，瓜瓞绵绵二万万。

诀别故土槐枝断，开继百业文明传。

寰宇寻根情眷眷，莲城②祭祖德孝远。

【注释】

①寻根祭祖大典：明初洪洞大槐树移民，历时50年，移民18次，涉及18省500余县的近万人，是中国历史上官方组织的规模和影响最大的移民。虽强制骨肉分离，亦安郭固疆，在贫困之地开拓百业，繁衍人口，传承文明。

②莲城：洪洞亦称莲花城。

题马涛发来照片（古风）

马涛今年在山西省宁武县马坊乡葱沟村任第一书记，甫到任，发来一组照片。感而题。

几片白云拂天穹，一泓清泉涌石缝。
白轮依依熏风情，骝马悠悠青草坪。
羡君悠哉清凉境，怜我翻图汗湿屏。①

【注释】
①"怜我"句：司法鉴定需要翻阅大量图片。

观《遍地月光》黄梅戏感作（古风）

2017 年 7 月 25 日赴合肥观摩全国辐射事故应急演练，因大雨航班误，抵后，旅游景点关门。夏日西悬不落，不愿在宾馆消磨时光。龚智主任托朋友寻得天仙配大剧院戏票，观看黄梅戏《遍地月光》。

庐州七月烈日红，欲访景点闭门羹。

龚智心热托友朋，天仙剧院首排中。

小馔清茶添水勤，琴扬笙咽习习风。

江村人事堪繁杂，大爱至深可化冰。

徽州自古民风朴，遍地月光人间情。

国庆和平公园看菊展（古风）

戊戌仲秋，太原市举办第28届菊花展，和平公园为主展区。

泊车觅位二里半，花海人潮步不前。
紫燕啁啾林幽幽，红鱼戏水溪潺潺。
五福临门福惟肖，九龙菊舞活龙现。
孩童秋千笑声远，老妪弄影彩巾鲜。
金蕊流霞金秋艳，龙城腾飞龙城欢。

感新旧韵^①博弈

通韵全国作部令，廿年博弈尘埃定。

旧韵南北差异迥，新声举国通法定。

韵变几随朝代变，一部平水管千年。

倡古知今双轨行，金声玉振亦传承。

【注释】

①新旧韵：《中华通韵》和《平水韵》。

网购

人间烟火汇银屏，可卖能赊价码明。

欲啖荔枝琼海暖，更尝腊肉漠河冰。

平台翻动般般品，线下帷筹户户情。

宝贝频频门外叩，连连点赞有详评。

谷雨后大雪堵车

不解鹅毛掠雨寒，青枝满地怨凇团。

短衣遽尔羽绒裹，红闪一街心似煎。

雪后徒步上班

没轮半尺成糊溻，^① 全市约车无应答。

徒步人流上班去，脚跟飒飒^②脸沾花。

【注释】

①"没轮"句：春雪在经车轮碾轧后粘连在一起。

②飒飒：踩在厚雪层上发出的声音。

快递小哥空运援京

一色工装靓客舱，落晖辄派夜来忙。

爆仓谁解京畿困，热血青春自四方。

环保情怀

题中条山风电基地

万臂搏风静静旋，白轮①座座耸青峦。
也无雷电也无火，却照千城不夜天。②

【注释】

①白轮：白色风电叶轮。

②"却照"句：风电代替火电，是绿色可再生能源。雷电也可再生，目前尚未得到利用。

过雁门关风电场

何畏暑寒高峙地，闻风而动挥千臂。[①]
谁施哪吒力千钧，轮转参商永无憩。[②]

【注释】

①"闻风"句：风电叶轮安装于山巅。

②"轮转"句：参商乃是二十八星宿中的两宿，二者在天空中此出彼没、彼出此没，此处指日夜不息。

沙尘暴①

混沌不开尘翳②团，巨幢③咫尺觅寻难。

胜天岂敢违天道，人祸终将馈宇寰。

【注释】

①沙尘暴：其发生的主要原因是过量砍伐森林、过度开垦土地等。

②尘翳：遮蔽视线的沙尘。

③巨幢：高楼。

瀑布问答

银瀑缘何跳落急，碎身飞雨吐虹霓。

清潭漾漾无留意，东去再击千万石。①

【注释】

①"东去"句：百川归海。

汾河畔骑行

新修车道大河湾,^① 百里风光一日欢。

安得登坡铁魂铸？飘骑飒爽若非闲。

【注释】

①"新修"句：汾河景区修建自行车专用车道。

乘高铁去西安见连片大棚

雪海连波映日星，白膜一梦蕴春风。

惠农风暖吹州域,^① 天火偷来种大棚。

【注释】

①"惠农"句：国家免除农业税，发放补贴建大棚。

再过长治国家城市湿地公园^①

游船恍入瘦西湖，廿四桥^②间亭榭浮。

鹭戏莲池勾人忆，上回只是臭滩涂。^③

【注释】

①长治国家城市湿地公园：住建部正式授牌，属全国保护最完好的原生态天然沼泽湿地之一。

②廿四桥：湿地内有二十四桥景区。

③"上回"句：湿地当年水质黑臭。

史上最严环保令

楼尖遥望涌白云,[①] 影绰巨囱矗两根。
环保若非一票否,[②] 燃煤百万岂无尘。

【注释】

①"楼尖"句:执行超低排放标准后,烟囱排出的白色水汽,聚集在楼群上空。

②"环保"句:《国家环境保护"十二五"规划》首次将环境保护纳入地方各级人民政府政绩考核,并实行环境保护一票否决制。

雁门关①行

恒山亘漠抵天穹，雁过云飞由此通。

楼对北南千岭峻，旗招左右九关②雄。

若闻杨业③血躯男，犹见大捷枪炮隆。

代代边城有虎将，碑前我伫意无穷。

【注释】

①雁门关：位于山西省北部雁门山中。抗日战争时期，八路军在雁门关地区伏击日军，配合忻口战役。

②九关：泛指长城的关隘。

③杨业：北宋名将，曾带领杨家将在此守关。

浪淘沙·北戴河观海台

领袖赋诗篇，北戴河边，秦皇港外万吨船①。破浪电煤出楚天，人世桑田。

开放四十年，邓老画圈，九州繁盛举国瞻。巍耸两山②同发展，国梦将圆。

【注释】

①万吨船：秦皇岛港是北煤南运最大的港口，可进出万吨煤船。

②两山：习近平主席提出的"两山论"。登观海台当日，第8次全国生态环境保护大会召开，习近平主席出席会议并发表重要讲话。

芮城光伏基地

大河北岸翠山^①南，十万银屏映浩然。

油籽牡丹填隙罅，^② 再偷天火暖人寰。

【注释】

①翠山：中条山。芮城县位于黄河之北中条山以南。

②"油籽"句：在光伏发电板间隙中种植油籽牡丹。

乘高铁赴武强县做污染司法鉴定

跨壑越关穿壁隧，巨龙呼啸掣风疾。

塔林线网能源送，^① 翠岭秀垣烟淡弥。

高铁一轮连晋冀，太行千仞阻东西。^②

毁苗污染诉讼急，^③ 阅案途中^④星夜驰。

【注释】

①"塔林"句：山西为向外输电大省，线网密度为全国之最。

②"太行"句：华北平原西至太行山，为黄土高原起点，地势陡然而起。

③"毁苗"句：河北省武强县一化工企业污染农田，余受该县检察院委托加急做司法鉴定。

④阅案途中：高铁上阅研案件资料。

车行青银高速

翠绣挂高岩，朱藤依路栏。

白轮^①转风电，峰壑缀斑斓。

乌带^②拂天际，轻车过万山。

朝发青岛畔，夕宿在银川。

【注释】

①白轮：风力发电机的白色叶片旋转如轮。

②乌带：高速公路。

过薛公岭隧道

薛公岭山顶国道极险，当年余任职于山西省中阳县人民政府，往返太原时，在此路段多见恶性事故。今高速公路穿隧道而过。

灯破幽洞暗，车驰倚道宽。

曾折八道拐，一隧霎时穿。

晋祠难老泉复流①

山尖悬瓮木森然，清冽再喷难老泉。
关井涵源二十载，万畦晋稻穗头弯。

【注释】

①难老泉为晋祠三绝之一，其水出自悬瓮山的断岩层。1994年断流后，采取提升汾河二库水位、关闭煤矿和采水井的措施，现已有多处泉眼复流。

早春汾河公园

荻苇残黄晓客稀，片冰临日映寒漪。
早春水浅鱼虾少，野鹜寻食朝至夕。

手机拍下螳螂捕蝉①

倏尔院中蝉噪惨，螳钳刺腹锁椿干。
手机拍下影一帧，方解儿时曾惑难。②

【注释】

①吾妻于丙申暑假在老家院内拍得香椿树干上螳螂捕蝉视频。

②"方解"句：余儿时曾认为蝉大螳螂小，怀疑其捕蝉的可能性。

游月亮湖①

满月三分馈此间，草萋林密百花鲜。

倚栏指点轻声叹，湖水浅浅桥外悬。

【注释】

①月亮湖：位于承德市围场满族蒙古族自治县，因形如半月而得名。曾是电视剧《还珠格格》外景拍摄地。

观塞罕坝践行"两山论"

清湖花海鸟声啭，林莽白云接远天。

秋狝曾经封禁苑，^① 垂帘无奈卖山峦。^②

千峰失绿风沙漫，四代持恒育木艰。^③

生态效能金万万，两山例案有彰宣。^④

【注释】

①"秋狝"句：塞罕坝位于河北承德围场满族蒙古族自治县，因是清皇室举行木兰秋狝的地方而被封禁，这里水草丰沛，森林茂密。

②"垂帘"句：清王朝腐败，财政颓废，在同治二年（1863）开围放垦，出售山峦。

③"千峰"二句：因垦殖破坏山林，加之日寇掠夺、山火等原因，新中国成立初期，此地退化为荒丘，黄沙蔽日。四代人持续建设林场，努力恢复生态。

④"生态"二句：林场成为旅游胜地，生态效益得以彰显，同时有财政收入。作为践行"两山论"的典型案例而被广泛宣传。

早春登山偶见

纤纤鹅黄点长枝，衔柯劳鹊筑巢急。①
蜂蝶尚计春光浅，姹紫嫣红会有时。

【注释】

①"衔柯"句：喜鹊在严冬开始筑巢，小寒三候，"一候雁北乡，二候鹊始巢，三候雉始雊"。

见螳螂捕蝉

玄鬓^①倏忽刺利钳，足蹬振翅亦徒然。
人言黄雀谁曾见，凄惨声声蝉肉鲜。

【注释】
①玄鬓：知了。见骆宾王诗句"那堪玄鬓影，来对白头吟"。

看电视中螳螂捕蛇

挥擘枝端睁怒眼，小虫^①借道犯天颜^②。
螳拳三记蛇羹捣，黄雀梢头可胆寒？

【注释】
①小虫：小树蛇。
②天颜：螳螂。

自忻州夜半赴京公干

忻州连日保蓝天，又掠魏都灯夜阑。①
身倦窄几研密件，车停小站盹迷眠。②
初心唯有奔劳旅，许党③岂能嫌簸颠。
央府安排安敢慢？暮时已返太原南。④

【注释】

①"忻州"二句：魏都，大同。意为在忻州冬季督察大气治理期间，又坐火车途经大同市赴京。

②"身倦"二句：软卧车厢内看生态环境部密件。慢车夜间站站都停。

③许党：入党誓词。

④"央府"二句：国家布置的京津冀联防联控战雾霾，当日省政府做了安排。

过南水北调首都分水湖

一派清波京冀幽，溯源千里向江头。①
隧山跨水斗污秽，禹迹九州今再讴。②

【注释】

①"溯源"句：南水北调中线工程，南起丹江口水库，经河南、河北、天津，穿黄河、淮河到北京。

②"隧山"二句：引水工程穿越黄河、淮河等险阻，沿途省市治理水污染以确保水质，功绩堪比大禹九州治水。

白枕鹤 283 号故事

2018 年 8 月，余赴河北承德围场满族蒙古族自治县做生态环境损害司法鉴定，该县环境执法大队长送余《万物有灵（护生影集）》（于凤琴著），其中白枕鹤 283 号的故事竟使余热泪奔涌，夜不能寐，于宾馆欣然命笔。

沾河呜咽虐山火，亲殉雏生叹爱歌。①
放野助孤别意恋，再医折骨暖情呵。②
单环迁徙东瀛岸，俦侣衔枝房顶窠。③
五载救疗孵鹤卵，双翮④遮盖蔽秋柯。
有灵万物和谐曲，天昊冈极千啭舌。

【注释】

①"沾河"二句：黑龙江大沾河湿地山火中，雏鹤的父母为保护它而死。救助后编号为 283。

②"再医"句：放飞后骨折又回到救助站。

③"单环"二句：从日本携雌鹤飞回救助站房顶营巢。

④双翮：不让人靠近鹤卵，"夫妻"用双翅遮盖。

大同火山群^①

桑干平野黑锥起，钵口承天形各异。^②

沧海桑田巍峻嶒，风蚀水绕微痕迹。

焰喷浆噬物华销，地颤山摇尘蔽日。^③

猿臂立直它入眠，^④ 终究造化是神秘。

【注释】

①大同火山群：分布于大同盆地东部，包括30余座火山锥和分布于桑干河畔的玄武岩。是我国六大火山群之一。东亚大陆稀有自然遗产。

②"钵口"句：火山口平均深度30至50米，形态各异，如狼窝山、金山等。

③"焰喷"二句：火山喷发时，岩浆吞噬了一切，火山灰遮蔽了日月，数年间天昏地暗。

④"猿臂"句：火山群300万年前爆发，猿人出现在200万年前到40万年前间。

过清徐东湖

烟波渺渺日犹高，暗影沉沉七孔桥。

楼院醋坊游客禁，^① 东湖水秽皱眉梢。^②

【注释】

① "楼院"句：湖东南隅有水阁楼，内设醋都博物馆，经常闭馆。

② "东湖"句：东湖近十年水污染严重，正在治理中。

碛口古镇①

龙啸虎吟山水抱，明砖清瓦起楞高。②
码头当日难寻货，客跨黄驼弄态妖。③

【注释】

①碛口古镇：位于山西省吕梁市临县黄河岸边，明清至民国成为北方商贸重镇，是晋商发源地之一。碛，浅水中的沙石。

②"明砖"句：古镇有明清时期古建筑群，均依山势而建。卧虎山横亘镇北，黑龙庙雄峙河东。

③"客跨"句：古镇如今已成为旅游热点。

杜志刚兄和《碛口古镇》

老镇有客至，当留其姓氏。
镇在客回头，天下谁不知。

湫水河调研

秋日治湫察碛口，事关国考诺责究。①
除污十载真如铁，碧秀虎山②清水流。

【注释】

①"事关"句：为制定湫水河污染治理规划，到碛口现场踏勘。湫水河有国家考核断面。

②虎山：古镇背靠卧虎山而建。

破晓喜见春雪驱霾

纷乱鹅毛闹彻宵，春寒风燥亦全消。

冰河覆被融融暖，苍麓银装霭霭娇。

雪润冬林凝冽露，水滴朱槛挂凌条。

气浊霾虐重污染，[①] 玉宇澄埃解愠焦。

【注释】

①"气浊"句：大气层流动性差，雾霾严重，常造成重污染天气。

普救寺莺莺塔蟾声之谜（古风）

宝塔凌霄出绿岗，意为镇水作船桩。

师徒比艺传闻广，一声蛙鸣千年长。[1]

古匠无意弄奇巧，今朝专工解其详。

塔檐高低距离异，音碰壁回蛙声响。

【注释】

①"师徒"二句：莺莺塔为我国现存的四大回音建筑之一。相传师徒二人各建一塔，能发出蛙鸣回声的莺莺塔为师父所建。

苏州到南京高铁上

鉴鉴方田铺金毡^①，清清池塘鱼蟹鲜。
两舷难割江南卷，^② 山水云烟夕阳残。

【注释】
①金毡：金色稻田。
②"两舷"句：列车两边窗户外都是美景。

过熊猫基地①

圆润俏皮黑白样，悠悠依情翠竹乡。
曌赐倭国寓吉祥，② 和平使者千年往。

【注释】
①熊猫基地：成都大熊猫繁育研究基地。
②"曌赐"句：史载唐代武则天曾赐日本天武天皇两只大
熊猫。

石殇（古风）

西山修路 10 年后炸石处仍寸草不生，感生态损易恢复难。

风蚀雨侵亿万年，嵯峨巉岩翠满山。
炮声响后伤斑斑，还我绿装在何年？

放歌云竹湖畔（古风六首）

夏末秋初，云竹湖畔凉爽舒适。山西省环境与资源保护协会与三晋都市报社在云竹驿酒店举办生态环保培训会议，并考察了波波利云竹湖生态环保建设项日。所见所闻，今非昔比，感慨颇深，随笔录之。

其一　重游云竹湖

巍巍大坝襟两山，渺渺碧波映云天。

秀岭阴阳割昏晓，[①] 青峰[②]近远分陡缓。

红船犁浪白鸥疾，笠翁静湾黄漂[③]闲。

授课余暇曳广带[④]，昔游挖蒜在湖滩。[⑤]

【注释】

①"秀岭"句：云竹湖北部为低平土丘，清晨傍晚阳光照射下分阴阳两面。

②青峰：云竹湖南部为海金山、海银山。

③黄漂：钓鱼的鱼漂。

④曳广带：衣服宽松游湖，恍如仙境。

⑤"昔游"句：以前曾游湖，在湖边挖小蒜。

其二　别墅露台

姹紫嫣红漫无边，青草连波接长滩。

熏熏凉风茶几盏，湖面氤氲群山远。

其三　篝火晚会

篝火争燃照地天，彩光炫目乱紫烟。

深壑秋虫声震远，翠峰林鸟光掠唤。

老幼健儿齐呐喊，中外游人同蹁跹。

阵阵歌声动长川，萧萧斑马驰荒原。[①]

鼓角戛然火烬燃，云竹驿[②]中梦一帘。

【注释】

①"萧萧"句：晚会主题为非洲土著人模仿斑马奔驰。

②云竹驿：云竹驿酒店。

其四　暮色伫立云竹大坝

平镜无边映天暗，樾樾林木接远峦。

一轮金月穿云淡，几点星火来渔船。

其五　花海

红紫粉黄逐浪翻，蜜蜂扑蕊蝶翩翩。

弄影花间欢声远，车离笛鸣人不还。

其六　游云竹湖梨花岛

碧波澹澹日中天，白岛艳艳云水间。

湖面艇沉推波慢，堤上客急待归船。

片片芦荻群鸭乱，朗朗苍穹一鸥旋。

忧烦皆随飘雪散，梨花岛耶桃花源？

雀占燕巢（古风）

长兄家见燕巢雀占，与兄议之。

紫燕筑巢似剖碗，南飞归来再修缮。

生境好转添红燕，巢洞每每麻雀占。

愤斥麻雀怜红燕，以竿捣之亦枉然。

莫责麻雀性刁顽，水泥房檐无缝钻。

物物相竞皆自然，燕居福地新巢添。

老庄新竹（古风）

大哥庭院前栽翠竹几丛，是余村 400 年来第一抹竹色。

冬日万木凋，庭前翠绿绕。

老井四百春，[①] 曾见青竹俏？

【注释】

①"老井"句：裴家庄老井台上有石刻记载，此井已存
400 年之久。

乘机神游

　　白云之上，穹庐之下，飞机在平流层平稳飞行。透过舷窗看云海，神思飞扬。飞机以时速约 900 千米迎面而来，相对时速约 1800 千米。但看起来徐徐而行，实乃天空太浩渺也。困意来袭，任尔神游！

　　　　呼啸离地飞银燕，扶摇八万上九天。
　　　　背负青天看人寰，大江南北城郭连。
　　　　风轮迟慢哪吒赧，斗云快翻大圣喊。
　　　　天帝急令止雷电，群仙列队天门南。
　　　　眯眼欲赴蟠桃宴，机轮咚地浦江畔。

检查汾河入黄河处水质

三天连续奔波，从汾河源头到入黄河口，查水质、验工程，知沿途相关地区市长、县长亲自抓，水质已消除劣Ⅴ类，甚悦。

千里急急入大川，[①] 波澜万顷渺云烟。[②]
觅寻鹭舞平湖远，悠逸鹰旋孤嶂[③]尖。
楼古临河沐秋色，[④] 阁雄耸峻焕新颜。[⑤]
治污责诺拓荒难，[⑥] 喜看十年谱巨篇。

【注释】

①"千里"句：汾河流经6市29县，全长713千米。

②"波澜"句：汾河在万荣县庙前村入黄河，两河相汇形成宽广的湖面。

③孤嶂：孤峰山。

④"楼古"句：秋风楼位于汾河畔庙前村。

⑤"阁雄"句：在此地可以看到黄河西边山冈上的司马迁祠墓景区（新维修）。

⑥"治污"句：汾河入黄口是国家地表水考核断面，山西省政府与生态环境部签有目标责任书。

武夷山九曲溪①泛竹筏

红伞金槎满绿畴，声声欸乃画中游。②
溪光潋滟山回转，翠嶂参差水抱流。③
竹影筏边挥臂碎，④ 壑船岩罅眦睚求。⑤
幔亭绰见欲登岸，⑥ 十首棹歌情未休。⑦

【注释】

①武夷山九曲溪：因盈盈一水，折为九曲，穿过武夷山景区而得名。

②"声声"句：竹筏从九曲顺流而下，九曲处为平畴沃野。

③"溪光"二句：武夷山有三十六峰、九十九岩，峰岩交错，溪流纵横，山挟水转，水绕山行。

④"竹影"句：溪水清澈见底，两岸青山翠竹倒映水中，舟行碧波上，人在画中游。

⑤"壑船"句：三曲的百尺绝壁上有架壑船棺，距今3000多年，为古越人的葬俗遗物。

⑥"幔亭"句：一曲有幔亭峰等景点，为漂流终点。

⑦"十首"句：南宋朱熹所作《九曲棹歌》，第一首总写，余下九首分写九曲景致，为历代咏九曲溪之佳作。

过雁门关隧道①

朔气墩台踞峙峦，自来翻越鸟啼难。
腹穿隧道北南透，高速通衢眨眼间。

【注释】

①雁门关隧道：雁门关公路隧道单洞长 10.3 千米，是当时国内已投入运营的最长的公路隧道。

暑日桥头值暴雨

东渠滚滚沫流①急，一架高桥见客稀。
云意独知暑难耐，却将白雨送炎曦②。

【注释】

①沫流：冒着泡沫的水流。
②炎曦：炽烈的日光，比喻炎热。

过黄龙景区①

翻动金鳞衔宝顶，势出苍昊掩青峰。②
别庭万载犹疑返，祭享丰隆保世宁。③

【注释】

①黄龙景区：位于四川省松潘县，是中国唯一保存完好的高原湿地，距九寨沟100千米。水景丰富，森林苍翠。

②"势出"句：岷山主峰雪宝顶，在缓坡沟谷内，露出长7.5千米、宽1.5千米的乳黄色岩石，远望好似蜿蜒于密林幽谷中的黄龙。

③"祭享"句：黄龙寺分前、中、后三寺，各距7千米，现仅存后寺。

过九寨沟①

赤橙黄绿紫青蓝，宝鉴接鳞向远山。②
疑是瑶池人世落，水华衍漾讶奇观。③

【注释】

①九寨沟：位于四川省岷山南段，因有9个藏族寨子而得名。

②"宝鉴"句：沟内有百余个湖泊，湖水中不断析出的钙华形成湖堰，每个湖泊的海拔不同，犹如熠熠龙鳞，镶嵌在青翠山峦之上。

③"水华"句：由于湖底有各种颜色的矿物质和枯枝败叶、水藻等沉积物，经阳光折射后色彩丰富，形成彩色湖。

春节后运城返并列车上口占

小院迎春旗展红，^① 鱼塘夕照映长空。
牛群归晚自成列，一片乡村暮霭中。

【注释】
① "小院"句：春节时楼顶上有插彩旗的习俗。

元宵日遇雨水节气（古风押仄韵）

诵句元宵盈卷帙，^① 三候雨水燕吴异。^②

彩灯映雪冰河寒，^③ 霖润^④人间大爱始。

【注释】

①"诵句"句：古今吟诵元宵节的诗词甚多。

②"三候"句：我国地大物博，南北气候悬殊。吴燕，吴越之地、燕赵之域。

③"彩灯"句：汾河畔河冰、岸雪及树上彩灯互映。

④霖润：雨水节气历来是雪变雨的节点。

中阳避暑^①

凤岭^②入眸叶正黄，廿年圆梦共倾觞。

南川^③浪涌天地变，柏洼^④枝逐情意长。

一技进村粮满库，^⑤ 两炉出省火盈膛。^⑥

鸿泥处处堪回忆，最挂怀是二故乡。^⑦

【注释】

① 1991 至 1996 年余曾在山西省吕梁市中阳县任科技副县长，后转任副县长。

②凤岭：中阳县城北有凤凰岭。

③南川：穿城而过的南川河。

④柏洼：县城附近有柏洼山风景区。

⑤"一技"句：科技扶贫，送农业科技下乡入户。

⑥"两炉"句：当时发展乡镇企业，到省外取经，炼焦炉、炼铁炉技术得到改进。

⑦"最挂"句：中阳是余第二故乡，常常萦怀。

秋夜游汾河有感（古风）

金风伴我大河畔，琴韵悠悠歌乐远。

炫彩群楼破暗穹，长桥连拱送清滟。

秋蚤摆翼荸荻摇，蛙鼓振空野鹜乱。

银汉落天倚槛情，当年鼻掩谁曾看？

矸石山治理调研

远离市廓地非偏，枝坠樱桃鲤锦鲜。

风物展播摩踵看，^① 才识斯处是矸山。

【注释】

①"风物"句：风物，风光景物。展播，纪录片、实物和照片。
摩踵，摩肩接踵，形容行人拥挤。

五一节后天气仍寒

已过佳节衣未单，楼边青杏压枝弯。

斑鸠呼唤凉云落，南气不熏吹面寒。

早秋访重庆

银燕啸呼争日月，雾都客寄细风①迫。

城衢丝绕导航傻，② 一廊红波辣味多。③

【注释】

①细风：微风。

②"城衢"句：山城重庆，依山而建，道路多处立体交叉，导航失灵。

③"一廊"句：重庆火锅以油红味辣享誉全国。

秋夜河畔

大野无声月半明，秋林叶动舞流萤。

江山烟水怅寥廓，信步引吭眠鹊惊。

汾河入黄口（古风）

冲出龙门大漫滩，脽丘湮坍添汾澜。

秋水长天接云烟，^① 十里长河落日圆。

【注释】

①"秋水"句：每每检查汾河水质，临此处水天相接，汪洋一片，心旷神怡。

感卫星图片解读垃圾堆放点（古风）

日夜巡九天，时刻监宇寰。

识得污秽堆，环保千里眼。

见冬青叶片长成幼株

偶碰叶片盆土中，根白芽豆细茸茸。

汁消犹哺新儿意，落绿堪吟胜落红。

峨嵋思少年看耍猴

拽我衣襟山道中，寻吃要喝大腹臃。
当年鞭笞是曾祖？猴瘦猪肥今不同。

夜过汾河畔

几星迷闪珥环①新，喳鹊呱鸭知有邻。
忽碰华斑青杏嫩，花衣染袖告残春。

【注释】
①珥环：月亮旁边的光晕。

赴甘肃做生态破坏司法鉴定（二首）

其一

戈壁循辙翻重峦，死狼沟壑幼林残。

证凿元道①像红外，在我天心何畏难。

【注释】

①元道：元道经纬相机。拍摄的照片上同时记录经纬度、海拔等。

其二

沙蒿寸半点荒原，尘雾团团轮后翻。

忽见寒鸦幡舞①暮，老僧木讷塑佛前。

【注释】

①幡舞：虽地处荒芜，几无人烟，但到处可见经幡随风摆动。

题人工增雪视频

夜来纤粒已飞稀，伸手望穿心自急。
忽现云窝开碘弹，^① 鹅毛洒洒欲沾膝。

【注释】
①"忽现"句：人工降雪时，把装有碘化银的炮弹发射到云层。

题春雪

裹树淞花地覆毡，推轩吟絮看蹁跹。
银白世界无埃粒，百鸟啄食下爪难。

癸卯除夕夜

正酣春晚总翻屏，门不贴红人静清。

几次视频难忍俊，宽娃增岁笑出声。

对

联

春　联

一、2020 年山西省环境规划院春节联欢会上以春联祝福

元旦刚过，新春将至。借此联欢会，以春联的形式为大家送上我浓浓的祝福，期望规划院年年蒸蒸日上，祝愿同人们岁岁福瑞吉祥。

1. 规划院
上联：（老院长）开拓创新十年艰辛同业领先
下联：（新班子）继往开来雄关漫道再铸辉煌
横批：千秋事业

2. 办公室、各科室
上联：一年奋斗硕果累累
下联：四季争先奖牌连连
横批：万众一心

3. 专家顾问室
上联：费心求支援柳暗花明
下联：尽力解疑难别有洞天
横批：竭诚尽职

4. 院士工作站

上联：荟萃精英独树一帜争前沿

下联：服务三晋精准施策解疑难

横批：人才济济

5. 鉴定中心

上联：明察秋毫鉴定评估业绩昌

下联：按图索骥溯源治污开新章

横批：正本清源

6. 博士后工作站

上联：博士后站潜心科研花开艳

下联：生肖首年策马扬鞭再登攀

横批：群英荟萃

7. 民信商务大楼

上联：千家有缘居一楼辞旧迎新

下联：万人情深奔九州接福纳祥

横批：百业兴盛

二、2020 年撰写春联

1. 上联：春回大地百花艳

下联：喜到人间万事新

2. 上联：花开如意年年好
   下联：竹报平安步步高

3. 上联：喜迎新春洪福到
   下联：吉庆祥和好运来

4. 上联：春风杨柳鸣金马
   下联：晴雪梅花照玉堂

5. 上联：鹊喳梅放春迎户
   下联：鼠报年来福满门

6. 上联：灵鼠迎春春色好
   下联：金鸡报晓晓光新

7. 上联：勤劳致富美酒杯杯抒壮志
   下联：科技兴农山河处处沐春晖

8. 上联：红联似彩云轻落万家祝福
   下联：白雪如花瓣浓妆万树迎春

9. 上联：日丽神州桃红柳绿风光好
   下联：春回大地莺歌燕舞景色新

10. 上联：新春喜事多岁岁迎新新岁岁
    下联：富民政策好家家致富富家家

11. 上联：瑞雪兆丰年五谷丰登家家富

   下联：东风迎新岁百花争艳处处春

12. 上联：爆竹两三声人间易岁

   下联：梅花四五点天下皆春

13. 上联：江山似画千秋翰墨千秋景

   下联：岁月如诗一代风骚一代歌

14. 上联：亥末飙升犹夺冠

   下联：子首雄起更无前

   横批：鼠年吉祥

三、2021 年撰写春联

1. 李玉平公司

上联：玉鼠辞岁通财运

下联：金牛送福来平安

2. 徐立成天和小区

上联：玉鼠去天和顺家家喜

下联：金牛来地如意人人福

3. 王映涵双喜城小区

上联：居双喜喜气盈门

下联：接金牛牛岁平安

4. 徐晋鹏半山国际（大门）

上联：半山瑞雪迎旭日

下联：一城春色赐平安

5. 徐晋鹏半山国际（后门）

上联：半山风物接春色

下联：人家光景添吉祥

6. 徐晋鹏半山国际（阳台）

上联：春入华堂添喜色

下联：花飞玉座有清香

7. 徐立成清徐老家大门

上联：紫气东来小院披春色

下联：金牛送福人间迎吉祥

8. 环保厅小区

上联：玉鼠驱疫家吉祥

下联：金牛迎春人安康

9. 傅山园小院

上联：春满人间百花争吐艳

下联：福临小院四季常平安

横批：大地迎春

10. 安正达公司

上联：实业人创千秋业

下联：长春花开万年春

横批：继往开来

11. 乔正森大夫

上联：去沉疴苦心求术

下联：送安康巧手行医

横批：妙手回春

四、2021 年新春微信祝福

1. 上联：冬春交替岁月静好

　下联：子丑转换年轮已高

2. 上联：玉鼠昨夜送故岁

　下联：金牛今日迎新春

五、2022 年撰写春联

1. 上联：赤县奔腾如虎跃

　下联：神州崛起似龙飞

　横批：物我皆春

2. 上联：兴伟业仍需牛劲
   下联：展宏图更壮虎威
   横批：人杰地灵

3. 上联：丑去寅来千里锦
   下联：牛奔虎啸九州春
   横批：万象更新

4. 上联：门浴春风梅吐艳
   下联：户生虎气鸟争鸣
   横批：万里春晖

5. 上联：丑牛奔福地普天献瑞
   下联：寅虎卧华堂满院生辉
   横批：紫气东来

6. 上联：虎跃龙腾创人间奇迹
   下联：莺歌燕舞描大地春光
   横批：福喜迎门

7. 上联：瑞雪兆丰年年年大吉
   下联：丑牛接寅虎虎虎生威
   横批：户纳千祥

8. 上联：拓荒七载（共）赢白云蓝天
   下联：足量三晋（再）书绿水青山
   横批：虎虎生威

9. 上联：丑牛奔福地地环①呈瑞

 下联：寅虎卧华堂晋环生辉

 横批：人杰地灵

【注释】

①地环：晋环的下属公司。

贺　联

一、2018 年贺徐晋鹏王映涵乔迁双喜城 6 号楼

1. 上联：事能知足心常乐
   下联：人到无求品自高

2. 上联：燕喜新居赢得春风裁玉树
   下联：莺迁乔木蔚成大器建家园

3. 上联：春光入户新居迎万福
   下联：福气临门宝地集千祥

4. 上联：家居福地物华天宝富万载
   下联：宅进财源人杰地灵旺千年

5. 上联：吉日进新居世代兴隆常富贵
   下联：良时住福宅儿孙发达永昌荣

二、傅山园小院

上联：轩透崛岭千峰秀
下联：庭临汾水一泓清
横批：方寸福地

三、环保小区院内六角亭

1. 上联：乔木好音多远闻莺迁金谷晓
   下联：上林春色早近看花报玉堂开
   横批：望波

2. 上联：春风拂槛温如玉
   下联：好日当窗刻似金

3. 上联：大厦飞虹添锦绣
   下联：珑园秀毓换新颜

四、徐立成乔迁别墅

1. **大门**
   上联：小楼借得山川秀
   下联：大家添来气象新
   横批：乔迁大吉

2. **露台**
   上联：好山入座清如洗
   下联：嘉树当窗翠欲流
   横批：心旷神怡

3. **车库入户门**
   上联：乐看燕报重门喜
   下联：常听莺歌大地春
   横批：宅地吉祥

五、徐元泰百日宴会

1. 宴会厅门
上联：虎仔百日观人间祥瑞
下联：徐府三春享厅堂欢欣
横批：源远流长

2. 背景墙
上联：一元复始风暖兰阶花吐秀
下联：三阳开泰春催竹院笋抽芽
横批：百日宴

六、2023 年环境厅"墨香迎新春 挥毫送祝福"活动

1. 上联：虎岁共庆山河壮
   下联：兔年齐歌业绩新
   横批：更上层楼

2. 上联：虎啸山峦送瘟神
   下联：兔奔原野迎安康

七、省委老干部局"银龄心向党 喜迎二十大"诗书画影比赛

上联：蓝天白云总无价
下联：绿水青山亦多情

挽　联

一、岳母挽联（丧事在 2023 年）

1. 大门

上联：大疫无情沉宝婺

下联：人间有爱忆春风

横批：天人同悲

2. 灵堂门

上联：兹留音容驾鹤去

下联：常怀亲恩悲堂前

横批：含笑九泉

二、二哥挽联（丧事在 2020 年）

1. 大门

上联：名留后世一生勤劳俭朴

下联：德及乡间终身浑厚平和

横批：天人同悲

2. 灵堂门

上联：伤心难禁千行泪

下联：哀痛不觉九回肠

横批：音容宛在

三、大嫂挽联（丧事在 2020 年）

1. 大门

上联：赤县泛疫侪朋悲遥祭

下联：庭堂失亲子女恸治丧

横批：国殇家哀

2. 灵堂门

上联：勤俭持家惠亲友

下联：宽厚待人睦乡邻

横批：音容宛在

四、长兄挽联（丧事在 2019 年）

1. 大门

上联：音容宛在言传身教成追忆

下联：父恩如山遮风挡雨已不能

横批：天人同悲

2. 灵堂门

上联：一生勤劳存典范

下联：半世俭朴传嘉风

横批：风范永存

附

录

作者履历　　1.　1978—1982 年，在太原工学院化工系化学工程专业学习。

2.　1982—1985 年，任太原工学院化工系分析化学教研室助教。

3.　1985—1986 年，在陕西师范大学仪器分析研究生课程班学习。

4.　1986—1991 年，任太原理工大学化工学院讲师。

5.　1991—1996 年，任山西省中阳县科技副县长、副县长。

6.　1996—2003 年，任山西省环境科学研究院院长兼书记。

7.　2003—2016 年，任山西省环境保护厅法规处、污染防治处及水处处长。

8.　2016—2018 年，任山西省生态环境厅副巡视员。

证书、职务
及获奖情况　　1.　1978 年，在山西省临猗县闫家庄高中复习班学习，全县模拟高考中获第 12 名。

2.　1981 年 5 月，被评为太原工学院"三好学生"。

3.　1981 年 6 月，被评为省级"三好学生"。（山西省教育厅、共青团山西省委）

4.　1982 年 7 月，太原工学院化工系化学工程专业毕业，获工学学士学位。

5.　1986 年 7 月，在陕西师范大学化学系分析化学专业助教进修班学习硕士研究生主要课程，考试成绩合格。

6. 1986 年 9 月，与人合作撰写论文《抗坏血酸作还原滴定剂的应用研究——铁矿石中全铁的测定》，被评为二等优秀学术论文。（山西省化学会）

7. 1987 年 7 月，在普及法律常识教育中，经考试成绩合格，准予结业。（中共山西省直属机关工作委员会宣传部）

8. 1987 年 9 月，被聘为应用化学系讲师。（太原工业大学应用化学系）

9. 1987 年 12 月，在山西省干部正规化理论教育中，经考试成绩及格，准予结业。（中共山西省委宣传部、中共山西省委讲师团）

10. 1988 年 12 月，通过评审，获讲师任职资格。（太原工业大学）

11. 1989 年，和岳父李士龙合作研发"绿勃康"叶面微肥产品，经过山西省教委组织的科学技术鉴定，被评定为国内领先水平。该产品获山西省农业博览会银质奖。

12. 1989 年 9 月，荣获 1988 年度优秀教师称号。（太原工业大学）

13. 1989 年 11 月，与他人合作的科研项目《TG-T 植物必需素》获科研成果证书。（山西省教育委员会）

14. 1991 年 4 月，由太原工业大学推荐，山西省科学技术委员会选拔，中共山西省委组织部决定，任中阳县科技副县长。

15. 1992 年 2 月，荣获"杏花杯"山西省首届经济知识竞赛优秀奖。

16. 1993 年 8 月，在中共中央党校函授学院本科经济专业学习。

17. 1993 年 11 月，在代表中阳县参加全区学习邓小平建设有中国特色社会主义理论竞赛中，荣获二等奖。（中共吕梁地委）

18. 1994 年 7 月，经吕梁行署科技干部局吕梁地区职称改革办公室批准，由讲师转为工程师。

19. 1994 年 8 月，论文《贫困地区科学兴农存在的问题及对策》被评为优秀论文一等奖，赴大连参加全国市场经济研讨会。

20. 1994 年 8 月，被评为优秀科技工作者。（中共吕梁地委、吕梁行政公署）

21. 1994 年 8 月，在山西省工程技术经济专业高级职称任职资格外语统考中，英语获 90 分。

22. 1994 年 10 月，获"优秀科技副县长"光荣称号。（中共山西省委组织部、山西省科学技术委员会）

23. 1994 年 10 月，在全国第三产业普查工作中，成绩显著，被评为地级先进工作者。（吕梁地区第三产业普查领导小组）

24. 1994 年 12 月，在山西省大中学生社会实践活动中，被评为热心支持者。（中共山西省委宣传部、山西省教育委员会、山西

省高校工委、共青团山西省委）

25. 1995 年 3 月，在首次全国第三产业普查
中成绩优异，被评为综合部门省级先进工
作者。（山西省第三产业普查协调小组）

26. 1995 年 5 月，被聘为中国历史唯物主义
学会党风科学专业委员会特约研究员。

27. 1995 年 8 月，经评审通过，获高级工程
师任职资格。（山西省人事厅）

28. 1993 年 8 月至 1995 年 12 月，在中共中
央党校函授学院本科班经济管理专业修业
期满，考试成绩合格，准予毕业。

29. 1996 年 5 月，任山西省环境保护研究所
代所长（正处级）。（中共山西省委组织
部干部综合处）

30. 1996 年 7 月，论文《工厂污染物质排放
总量控制与最佳循环用水的经济分析》荣
获华北五省（市区）环境科学学会第 9 届
年会优秀论文二等奖。

31. 1996 年 8 月，被聘为高级工程师。（山
西省环境保护研究所）

32. 1999 年 6 月，被聘为《山西指南》编委
会委员。（山西省人民政府办公厅《山西
指南》编辑部）

33. 2000 年 1 月，被聘为中国环境科学学会
大气环境分会第 1 届委员会委员。

34. 2000 年 1 月，事迹被收录当代中国人才
库《中国专家人名辞典》第 6 卷。

35. 2000 年 2 月，被聘为中国地理信息系统协会资源和环境专业委员会委员。

36. 2000 年 3 月，荣获山西省第二届优秀环境科技工作者奖。（山西省环境科学学会）

37. 2000 年 9 月，主持的《山西省小炼铁技术筛选及污染防治对策研究》科研项目获环境保护科技成果完成者证书。（国家环境保护总局）

38. 2001 年 5 月，参加第 1 期全国室内环境检测治理业务培训班，考试成绩合格。（中国室内装饰协会室内环境监测中心）

39. 2001 年 7 月，被聘为山西省矿业联合会专家委员会委员。

40. 2002 年 6 月，被太原经济管理干部学院聘为环境工程专业名誉教授。

41. 2002 年 7 月，被评为 2001 年度中共优秀共产党员。（山西省环境保护局机关党委）

42. 2002 年 8 月，当选山西省环境科学学会第 5 届理事会副理事长。

43. 2002 年 10 月，经评审通过，具有成绩优异高级工程师职务任职资格。

44. 2002 年 12 月，当选山西省软科学研究会理事。

45. 2003 年 1 月，论文《太原市城市空气污染特征及污染防治对策探讨》被评为优秀论文。（北京世纪精英文化发展中心）

46. 2003 年 1 月，论文《工厂污染物质排放总量控制与最佳循环回水率的经济分析》，被山西省环境科学学会评定为 2002 年度优秀论文一等奖。

47. 2003 年 2 月，被评为山西省优秀科技工作者。（山西省科学技术协会）

48. 2003 年 5 月，在社会主义现代化建设中成绩显著，荣立一等功。（山西省直机关劳动竞赛委员会）

49. 2003 年 6 月，被聘为第 7 届"兴晋挑战杯"高校青年师生学术科技作品竞赛评审委员会委员。（团省委、山西省教育厅、山西省科技厅、山西省科学技术协会、山西省学生联合会）

50. 2003 年 7 月，被聘为成绩优异高级工程师（教授级高工）。（山西省环保局职称改革领导小组办公室）

51. 2003 年 8 月，参加中共山西省委党校省直分校第 6 期处级领导干部学习"三个代表"重要思想培训班，学习期满，考核合格，准予结业。

52. 2003 年 10 月，被聘为太原城市职业技术学院名誉教授。

53. 2003 年 12 月，荣获中国环境科学学会第 5 届优秀学会工作者奖。

54. 2004 年 2 月，主持的《山西省污水资源化潜力与途径初步研究》科研项目获软科学研究类二等奖，被授予山西省科学技术

进步奖证书。（山西省科学技术进步奖评审委员会）

55. 2004 年 7 月，接受国家公务员培训期间学习成绩合格，获国家公务员培训合格证书。（山西省人事厅）

56. 2005 年 6 月，参加国家环保总局第 7 期全国环境法制岗位培训班，学习期满，经考核成绩合格。

57. 2005 年 6 月，被聘为第 8 届"兴晋挑战杯"高校青年师生课外学术科技作品竞赛评审委员会委员。（团省委、山西省教育厅、山西省科技厅、山西省科学技术协会、山西省学生联合会）

58. 2006 年 6 月，荣获优秀共产党员称号。

59. 2007 年 2 月，因在 2006 年工作中表现突出，被评为优秀公务员。（山西省环境保护厅）

60. 2007 年 7 月，当选为第 1 届山西省环境与资源保护协会理事。

61. 2007 年 8 月，当选为第 4 届山西省经济法研究会常务理事。

62. 2008 年 2 月，主持的《山西省地表水水域功能区类别划分及执行标准研究》获科技进步三等奖。（山西省科学技术奖励委员会）

63. 2008 年 2 月，因在 2007 年工作中表现突出，被评为优秀公务员。（山西省环境保护厅）

64. 2008 年 6 月，被评为 2007 年度山西省人

民政府目标责任制工作先进个人。（山西省人民政府办公厅）

65. 2009年2月，因在2008年工作中表现突出，被评为优秀公务员。（山西省环境保护厅）

66. 2011年3月，因在2010年工作中表现突出，被评为先进工作者。（山西省环境保护厅）

67. 2013年11月，在"为建设美丽山西做贡献"立功竞赛活动中荣记先进个人二等功一次。（山西省淘汰落后产能工作领导组）

68. 2014年5月，获山西省直机关五一劳动奖章。（山西省直机关劳动竞赛委员会、山西省直属机关工会工作委员会）

69. 2016年10月，被任命为山西省环境保护厅副巡视员。

70. 2017年3月20日至24日，参加国家行政学院举办的山西省应急管理领导干部培训班，学习期满，成绩合格，准予结业。

71. 2017年12月，任山西省环境与资源保护协会专家委员会主任。

72. 2018年1月，退休，职务（岗位）为山西省环境保护厅副巡视员。

73. 2018年1月，任期刊《绿水青山》主编。

74. 2018年5月，赴生态环境部北戴河环境技术交流中心参加全国环境经济政策培训班。

75. 2018年6月，被聘为晋城市人大常委会智库专家。

76. 2018 年 10 月，任山西省生态环境厅离退休干部党支部书记。

77. 2018 年 11 月，论文《关于环保收费政策及监管研究报告》获第 7 届薛暮桥价格研究奖。

78. 2019 年 8 月，在"庆祝新中国成立 70 周年中华诗人国庆论坛暨《诗颂新中国 70 华诞》大型诗词作品集"征稿评选活动中荣获金奖，被授予"新时代爱国诗人"荣誉称号。

79. 2019 年 9 月，作品在祖国颂·献礼新中国 70 华诞中华诗词大赛中，荣获一等奖。

80. 2019 年 10 月，作品在第 11 届华鼎奖全国诗词大赛中，荣获当代诗词精英奖。

81. 2019 年 10 月，作品在第 16 届"天籁杯"中华诗词大赛中获银奖。

82. 2019 年 10 月，作品获首届"现代杯"全国诗词大赛三等奖。

83. 2019 年 10 月，被聘为山西省高级人民法院特邀调解员。

84. 2019 年 11 月，成为中华当代文学学会会员。

85. 2019 年 12 月，成为中华诗词学会会员。

86. 2020 年 1 月，被聘为山西省环境规划院博士后科研工作站导师，聘期为 5 年。

87. 2020 年 9 月，成为国际中华诗词协会会员。

88. 2020 年 10 月，创作的诗词作品入编 2020

年全国抗击疫情诗词作品集《战"疫"》。

89. 2020 年 10 月，诗词作品在"在开封遇见
    诗词——中华诗人开封雅集"活动中荣获
    铜奖。

90. 2021 年 12 月，被授予"国家优秀诗人"
    荣誉称号。（《诗界名家》杂志社）

91. 2021 年 12 月，作品荣获 2022 年度金镶
    玉艺术奖，同时被授予"2022·中国作家
    题赠嵌名妙手"荣誉称号。（《诗界名家》
    杂志社、《中国作家排行榜》编委会）

92. 2022 年 8 月，被聘为《山西省环境科学
    研究院院志》编纂委员会顾问兼审稿，并
    编纂 1996 年至 2003 年部分内容。

93. 2022 年 8 月，被聘为芮城县生态文明智
    库专家委员会主任委员。

94. 2022 年 10 月，被聘为太原市小店区人民
    检察院特邀检察官助理，聘期 2 年。

95. 2022 年 10 月，摄影和诗词作品在"喜迎
    二十大 银龄心向党"全省离退休干部诗
    书画影作品大赛中，荣获二等奖。（中共
    山西省委老干部局、山西省文学艺术界联
    合会、山西省作家协会）

96. 2022 年 11 月，诗词作品《右玉游》在中
    华诗词杂志社举办的"2022 中华诗词第
    19 届（网络）金秋笔会"中，荣获优秀
    作品奖。

97. 2023 年 1 月，被正式录取为中华诗词学

会教育培训中心第21期高级培训班学员。

98. 2023年4月，被聘为期刊《当代化工研究》编委会委员。

99. 2023年9月，被聘为"创客中国"山西省中小企业创新创业大赛评审专家。

100.2023年12月，被评为中华诗词学会第21届高级研修班优秀学员。

心语 　　余从根本上就是一个农村娃，有幸成为大学教师、公务员。忝踞厅级领导职位，浪得专家型领导之美名，各种荣誉纷至沓来。这一切都是信念使然，几十年为工作竭诚尽智，对诗词的爱好，也因无止境的业务而被剥夺。

　　退休以后，虽然对环保业务驾轻就熟，但念念不忘的仍是圆诗词和书法梦。当年远方的诗酒，如今酣畅在笔尖；当年徜徉的山水，如今流淌在心头。让我诧异的是，时间愈久远记忆愈清晰，从而激发出强烈的创作热情。

　　朋友戏说，余是被环保事业耽误了的诗人，实为谬赞。诗人不仅要有激情，更需要经历，正像有些两院院士也是诗人一样，专业逻辑思维和诗词形象思维相得益彰。余退休以后整理当年的诗稿，练习书法，亦是另一番情趣和享受。如有来生，兹乃吾愿。